不再陌生
趣讀

封神演義

【看漫畫學經典】

劉鶴 編著

麥芽文化 繪

前言

《封神演義》是以民間流傳的「武王伐紂」故事為基礎，加入神魔玄幻的想像，完美結合歷史與神話所編寫而成的一部史詩經典。

這本書中最明顯的藝術特色是天馬行空的想像力。書中人物個個奇形怪貌，身懷異能絕技。他們的坐騎五花八門，法器光怪陸離，讀來令人眼花撩亂。小讀者們在作者的帶領下，將走入三千多年前充滿人、妖、神的奇幻世界，並在那裡體驗絕無僅有的閱讀享受，為想像力插上翅膀，自由翱翔。

千百年來，《封神演義》裡的人物刻畫、震撼人心的打鬥場景，受到一代又一代讀者的喜愛，成為文學中的一塊瑰寶。

翻開本書，小讀者們將看到哪吒鬧海、姜太公釣魚、眾仙鬥法等精彩紛呈的故事。不僅可以培養對神話故事和傳統文化的學習興趣，還可以提升文學審美能力，更可以體會成敗興衰的經驗教訓。

還等什麼，快快翻開第一頁，開啟你的魔幻之旅吧！

目　錄

上卷

中卷

下卷

1. 紂王得罪女媧

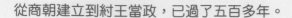

從商朝建立到紂王當政，已過了五百多年。

喀嚓~

我是大力士！

據說紂王文武雙全。當他還是皇子時，有一天宮裡一根大柱子腐爛了，他托住宮殿的梁讓木匠更換柱子。後來，他被選為太子。

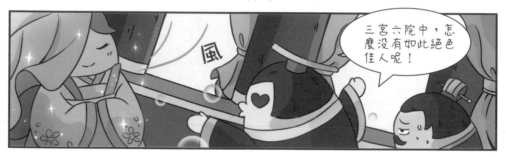

風

三宮六院中，怎麼沒有如此絕色佳人呢！

三月十五日這天是女媧娘娘的生日。紂王帶滿朝文武官員去女媧宮進香。狂風吹來，掀起遮蓋女媧娘娘聖像的幔帳。紂王看到女媧娘娘的面容，吃驚地張大了嘴巴。真是太美啦！

陛下，這首詩不太恰當，還是用水洗掉吧！

我看女媧長得漂亮，不能誇幾句嗎？

迷醉於如此美色的紂王在廟裡牆上寫了一首詩，表達對女媧娘娘的愛慕之情。有大臣勸他不要褻瀆神明，但紂王才不管這麼多。

你們的任務是去勾引紂王，滅掉商朝。事成之後就算你們立下大功！

遵命！

女媧娘娘看到了那首詩後十分生氣。她召喚軒轅墳中的三隻妖精：千年狐狸精、九頭雉雞精和玉石琵琶精。

女媧對三隻妖精說：「商朝統治已至盡頭，鳳鳴岐山的西周出現聖主。你們去勾引紂王，惑亂君心。將來要幫助武王伐紂成功，但千萬不要傷害百姓。」

三隻妖精叩頭謝恩，化成一縷青煙飄走。

從女媧宮回來後，紂王寢食難安，對女媧朝思暮想。奸臣費仲和尤渾告訴紂王一個好消息，冀州侯蘇護的女兒蘇妲己美若天仙。其實，這兩名奸臣是想藉機報復蘇護。

蘇護不送禮給我們，我們就給他一點教訓！

紂ㄓㄨˋ王ㄨㄤˊ立ㄌㄧˋ刻ㄎㄜˋ下ㄒㄧㄚˋ令ㄌㄧㄥˋ冀ㄐㄧˋ州ㄓㄡ侯ㄏㄡˊ蘇ㄙㄨ護ㄏㄨˋ觀ㄍㄨㄢ見ㄐㄧㄢˋ，要ㄧㄠ求ㄑㄧㄡˊ他ㄊㄚ把ㄅㄚˇ女ㄋㄩˇ兒ㄦˊ送ㄙㄨㄥˋ進ㄐㄧㄣˋ宮ㄍㄨㄥ做ㄗㄨㄛˋ妃ㄈㄟ子ㄗˇ。蘇ㄙㄨ護ㄏㄨˋ十ㄕˊ分ㄈㄣ憤ㄈㄣˋ怒ㄋㄨˋ，離ㄌㄧˊ開ㄎㄞ都ㄉㄨ城ㄔㄥˊ時ㄕˊ，在ㄗㄞˋ城ㄔㄥˊ門ㄇㄣˊ上ㄕㄤˋ寫ㄒㄧㄝˇ了ㄌㄜ一ㄧ首ㄕㄡˇ反ㄈㄢˇ對ㄉㄨㄟˋ紂ㄓㄨˋ王ㄨㄤˊ的ㄉㄜ詩ㄕ。看ㄎㄢ守ㄕㄡˇ午ㄨˇ門ㄇㄣˊ的ㄉㄜ內ㄋㄟˋ臣ㄔㄣˊ看ㄎㄢˋ到ㄉㄠˋ後ㄏㄡˋ立ㄌㄧˋ即ㄐㄧˊ上ㄕㄤˋ報ㄅㄠˋ紂ㄓㄨˋ王ㄨㄤˊ。

紂ㄓㄨˋ王ㄨㄤˊ聽ㄊㄧㄥ到ㄉㄠˋ之ㄓ後ㄏㄡˋ勃ㄅㄛˊ然ㄖㄢˊ大ㄉㄚˋ怒ㄋㄨˋ，立ㄌㄧˋ刻ㄎㄜˋ叫ㄐㄧㄠˋ西ㄒㄧ伯ㄅㄛˊ侯ㄏㄡˊ姬ㄐㄧ昌ㄔㄤ、北ㄅㄟˇ伯ㄅㄛˊ侯ㄏㄡˊ崇ㄔㄨㄥˊ侯ㄏㄡˊ虎ㄏㄨˇ去ㄑㄩˋ攻ㄍㄨㄥ打ㄉㄚˇ冀ㄐㄧˋ州ㄓㄡ。

北ㄅㄟˇ 伯ㄅㄛˊ 侯ㄏㄡˊ 崇ㄔㄨㄥˊ 侯ㄏㄡˊ 虎ㄏㄨˇ 是ㄕˋ 個ㄍㄜˋ 卑ㄅㄟ 鄙ㄅㄧˇ 殘ㄘㄢˊ 暴ㄅㄠˋ 的ㄉㄜ˙ 人ㄖㄣˊ， 接ㄐㄧㄝ 到ㄉㄠˋ 命ㄇㄧㄥˋ 令ㄌㄧㄥˋ 就ㄐㄧㄡˋ 率ㄕㄨㄞˋ 領ㄌㄧㄥˇ 五ㄨˇ 萬ㄨㄢˋ 人ㄖㄣˊ 馬ㄇㄚˇ 來ㄌㄞˊ 到ㄉㄠˋ 冀ㄐㄧˋ 州ㄓㄡ 城ㄔㄥˊ 下ㄒㄧㄚˋ。 蘇ㄙㄨ 護ㄏㄨˋ 嚴ㄧㄢˊ 陣ㄓㄣˋ 以ㄧˇ 待ㄉㄞˋ， 交ㄐㄧㄠ 戰ㄓㄢˋ 後ㄏㄡˋ 兩ㄌㄧㄤˇ 方ㄈㄤ 各ㄍㄜˋ 有ㄧㄡˇ 死ㄙˇ 傷ㄕㄤ。

西ㄒㄧ 伯ㄅㄛˊ 侯ㄏㄡˊ 姬ㄐㄧ 昌ㄔㄤ 寫ㄒㄧㄝˇ 了ㄌㄜ˙ 一ㄧ 封ㄈㄥ 信ㄒㄧㄣˋ， 派ㄆㄞˋ 大ㄉㄚˋ 夫ㄈㄨ 散ㄙㄢˇ 宜ㄧˊ 生ㄕㄥ 送ㄙㄨㄥˋ 給ㄍㄟˇ 蘇ㄙㄨ 護ㄏㄨˋ。 信ㄒㄧㄣˋ 中ㄓㄨㄥ 勸ㄑㄩㄢˋ 蘇ㄙㄨ 護ㄏㄨˋ 為ㄨㄟˋ 冀ㄐㄧˋ 州ㄓㄡ 百ㄅㄞˇ 姓ㄒㄧㄥˋ 著ㄓㄨˊ 想ㄒㄧㄤˇ。 蘇ㄙㄨ 護ㄏㄨˋ 權ㄑㄩㄢˊ 衡ㄏㄥˊ 再ㄗㄞˋ 三ㄙㄢ， 決ㄐㄩㄝˊ 定ㄉㄧㄥˋ 親ㄑㄧㄣ 自ㄗˋ 送ㄙㄨㄥˋ 女ㄋㄩˇ 兒ㄦˊ 進ㄐㄧㄣˋ 京ㄐㄧㄥ。

2. 狐狸精變美女

殊不知蘇護的決定不僅害了女兒，
更斷送商湯六百年的基業。

> 嗚嗚嗚嗚，再見了，親人們！

蘇妲己理解父親的難處，悲傷地哭了起來。她拜別母親、兄長，與父親一起坐上了前往朝歌城的馬車。

> 房間裡積了好厚的灰塵啊！

一天傍晚，父女倆來到恩州城。聽說三年前這裡的驛館出現一隻妖精，官員們都不敢住。蘇護不信邪，就與女兒一起住了下來。

> 妖精來啦！快逃呀！

半夜時分，忽然一陣邪風將驛館的燈火全部吹滅。「妖精來了！」丫鬟驚呼道。

蘇護慌忙點亮手提油燈奔向女兒的房間。他見妲己已安然躺在帳中，才放下心來。事實上，此時的妲己已經被狐狸精附身了。

第二天天剛亮，蘇護一行人就出發，很快抵達朝歌城。紂王宣蘇妲己上殿，妲己一開口，嬌滴滴的聲音讓紂王渾身的骨頭都酥軟了。

紂王當即赦免了蘇護的罪，還漲了他的俸祿，並設宴歡慶三天。文武百官沒想到紂王這麼好色，想勸個幾句，紂王就帶著妲己回宮了。

3. 狐狸精的大能耐

紂王與妲己整日在壽仙宮飲酒作樂，
奏摺堆積如山，大臣們只能搖頭嘆息。

狐狸精進入妲己體內，奉女媧娘娘的命令讓商朝滅亡。她要讓紂王是非不分、暴躁昏庸，同時還要剷除所有阻礙她的人……

名叫雲中子的道士求見紂王。他跟著狐妖的妖氣一路追到朝歌城，並向紂王進獻一把能除妖的松木劍。

紂王得到寶劍很高興，就掛在宮門上。這把寶劍是專門對付妲己的，她一見便驚出一身冷汗，心中更暗恨不已，決心報復。

紂ः王ःं剛ःं到ःं後ःं宮ःं，　就ःं聽ःं說ःं妲ःं己ःं病ःं了ःं。　妲ःं己ःं說ःं自ʰ己ःं是ʰ被ःं劍ःं嚇ःं病ःं的ःं，　就ःं快ःं死ःं了ःं。　紂ः王ःं眼ःं見ःं妲ःं己ːं楚ः楚ःं可ःं憐ःं，　立ːं即ःं命ःं人ःं燒ःं掉ːं寶ःं劍ःं。

雲ःं中ःं子ʰ眼ःं見ःं朝ःं歌ःं妖ःं氣ःं更ःं重ःं了ःं，　無ʰ奈ःं地ःं把ःं事ःं情ःं寫ःं在ःं三ःं朝ःं元ːं老ःं杜ःं太ःं師ʰ家ःं的ःं牆ːं上ःं，　嘆ःं著ːं氣ःं走ःं了ःं。　杜ःं太ःं師ʰ回ːं家ːं後ःं思ʰ考ःं事ːं情ःं的ːं始ʰ末ःं，　寫ःं了ːं奏ःं章ःं，　第ː二ʰ天ʰ隨ःं丞ːं相ःं商ःं容ःं一ːं道ːं進ःं宮ःं求ःं見ːं紂ː王ःं。

妲ःं己ःं聽ःं見ःं了ःं，　便ःं對ःं紂ː王ःं說ːं雲ःं中ःं子ʰ和ःं杜ःं太ःं師ʰ都ःं是ʰ蠱ःं惑ːं君ːं心ːं的ःं惡ःं人ःं。　紂ः王ःं聽ːं信ःं妲ःं己ःं的ːं話ːं，　下ःं令ःं砍ːं掉ःं杜ःं太ःं師ʰ的ःं頭ःं。

9

正直的大臣梅伯見杜太師被殺，闖進宮中批評紂王冥頑不靈，昏庸無道。

紂王大怒，下令處死梅伯，妲己眼珠一轉出了個主意：她要紂王做根大銅柱，中心放入炭火燒紅，然後把人綁在上頭受刑，犯人不久就會化為灰燼。她把這種刑罰叫作「炮烙」。

紂王下令炮烙梅伯，大臣們啞口無言。紂王認為妲己的計策很好，他再也不用聽煩人的諫言了。丞相商容見大王如此肆虐無道，失望至極，就辭官返鄉了。

　　當ヵ晚ㄨㄢˇ， 妲ヵㄚˊ己ㄐㄧˇ與ㄩˇ紂ㄓㄡˋ王ㄨㄤˊ在ㄗㄞˋ壽ㄕㄡˋ仙ㄒㄧㄢ宮ㄍㄨㄥ徹ㄔㄜˋ夜ㄧㄝˋ狂ㄎㄨㄤˊ歡ㄏㄨㄢ。 宮ㄍㄨㄥ中ㄓㄨㄥ是ㄕˋ有ㄧㄡˇ宵ㄒㄧㄠ禁ㄐㄧㄣˋ的ㄉㄜˋ， 紂ㄓㄡˋ王ㄨㄤˊ的ㄉㄜˋ正ㄓㄥˋ妻ㄑㄧ姜ㄐㄧㄤ后ㄏㄡˋ聽ㄊㄧㄥ到ㄉㄠˋ舞ㄨˇ樂ㄩㄝˋ聲ㄕㄥ非ㄈㄟ常ㄔㄤˊ生ㄕㄥ氣ㄑㄧˋ。 她ㄊㄚ知ㄓ道ㄉㄠˋ是ㄕˋ妲ㄉㄚˊ己ㄐㄧˇ在ㄗㄞˋ迷ㄇㄧˊ惑ㄏㄨㄛˋ紂ㄓㄡˋ王ㄨㄤˊ， 決ㄐㄩㄝˊ定ㄉㄧㄥˋ前ㄑㄧㄢˊ往ㄨㄤˇ勸ㄑㄩㄢˋ諫ㄐㄧㄢˋ。

不識好ㄅ！

老女人等著瞧！

　　紂ㄓㄡˋ王ㄨㄤˊ見ㄐㄧㄢˋ姜ㄐㄧㄤ后ㄏㄡˋ來ㄌㄞˊ了ㄌㄜˋ， 要ㄧㄠˋ妲ㄉㄚˊ己ㄐㄧˇ為ㄨㄟˋ他ㄊㄚ們ㄇㄣˊ舞ㄨˇ一ㄧˋ曲ㄑㄩˇ。 姜ㄐㄧㄤ后ㄏㄡˋ說ㄕㄨㄛ妲ㄉㄚˊ己ㄐㄧˇ妖ㄧㄠ媚ㄇㄟˋ禍ㄏㄨㄛˋ國ㄍㄨㄛˊ、 心ㄒㄧㄣ思ㄙ歹ㄉㄞˇ毒ㄉㄨˊ， 又ㄧㄡˋ說ㄕㄨㄛ紂ㄓㄡˋ王ㄨㄤˊ貪ㄊㄢ圖ㄊㄨˊ享ㄒㄧㄤˇ樂ㄌㄜˋ。 說ㄕㄨㄛ完ㄨㄢˊ話ㄏㄨㄚˋ便ㄅㄧㄢˋ走ㄗㄡˇ了ㄌㄜˋ， 以ㄧˇ為ㄨㄟˊ能ㄋㄥˊ就ㄐㄧㄡˋ此ㄘˇ說ㄕㄨㄛ服ㄈㄨˊ紂ㄓㄡˋ王ㄨㄤˊ， 可ㄎㄜˇ是ㄕˋ紂ㄓㄡˋ王ㄨㄤˊ和ㄏㄜˊ妲ㄉㄚˊ己ㄐㄧˇ卻ㄑㄩㄝˋ都ㄉㄡ因ㄧㄣ此ㄘˇ怨ㄩㄢˋ恨ㄏㄣˋ起ㄑㄧˇ姜ㄐㄧㄤ后ㄏㄡˋ。

姐ㄐㄧㄝˇ己ㄐㄧˇ私ㄙ下ㄒㄧㄚˋ聯ㄌㄧㄢˊ絡ㄌㄨㄛˋ奸ㄐㄧㄢ臣ㄔㄣˊ費ㄈㄟˋ仲ㄓㄨㄥˋ，合ㄏㄜˊ謀ㄇㄡˊ誣ㄨ陷ㄒㄧㄢˋ姜ㄐㄧㄤ后ㄏㄡˋ。有ㄧㄡˇ天ㄊㄧㄢ一ㄧˋ名ㄇㄧㄥˊ刺ㄘˋ客ㄎㄜˋ刺ㄘˋ殺ㄕㄚ紂ㄓㄡˋ王ㄨㄤˊ被ㄅㄟˋ抓ㄓㄨㄚ，審ㄕㄣˇ問ㄨㄣˋ後ㄏㄡˋ發ㄈㄚ現ㄒㄧㄢˋ這ㄓㄜˋ位ㄨㄟˋ刺ㄘˋ客ㄎㄜˋ叫ㄐㄧㄠˋ姜ㄐㄧㄤ環ㄏㄨㄢˊ。

姜ㄐㄧㄤ環ㄏㄨㄢˊ說ㄕㄨㄛ，他ㄊㄚ是ㄕˋ受ㄕㄡˋ姜ㄐㄧㄤ后ㄏㄡˋ指ㄓˇ使ㄕˇ來ㄌㄞˊ刺ㄘˋ殺ㄕㄚ紂ㄓㄡˋ王ㄨㄤˊ的ㄉㄜ˙，目ㄇㄨˋ的ㄉㄜ˙是ㄕˋ要ㄧㄠˋ奪ㄉㄨㄛˊ取ㄑㄩˇ王ㄨㄤˊ位ㄨㄟˋ。紂ㄓㄡˋ王ㄨㄤˊ火ㄏㄨㄛˇ冒ㄇㄠˋ三ㄙㄢ丈ㄓㄤˋ，命ㄇㄧㄥˋ人ㄖㄣˊ把ㄅㄚˇ姜ㄐㄧㄤ后ㄏㄡˋ抓ㄓㄨㄚ起ㄑㄧˇ來ㄌㄞˊ。

姜ㄐㄧㄤ后ㄏㄡˋ在ㄗㄞˋ監ㄐㄧㄢ獄ㄩˋ裡ㄌㄧˇ遭ㄗㄠ受ㄕㄡˋ酷ㄎㄨˋ刑ㄒㄧㄥˊ。無ㄨˊ論ㄌㄨㄣˋ如ㄖㄨˊ何ㄏㄜˊ逼ㄅㄧ供ㄍㄨㄥˋ，她ㄊㄚ都ㄉㄡ說ㄕㄨㄛ自ㄗˋ己ㄐㄧˇ是ㄕˋ清ㄑㄧㄥ白ㄅㄞˊ的ㄉㄜ˙。

　　姜̇后̇的̇兩̇個̇兒̇子̇殷̇郊̇和̇殷̇洪̇去̇找̇妲̇己̇算̇帳̇，被̇紂̇王̇當̇成̇「造̇反̇」。紂̇王̇下̇令̇誅̇殺̇兩̇位̇王̇子̇。劊̇子̇手̇即̇將̇落̇刀̇時̇，一̇陣̇大̇風̇將̇兩̇位̇王̇子̇「刮̇」走̇了̇。

　　兩̇位̇王̇子̇被̇「刮̇」到̇朝̇堂̇之̇上̇。他̇倆̇向̇大̇臣̇們̇講̇述̇遭̇遇̇。大̇臣̇們̇倍̇感̇同̇情̇，卻̇無̇計̇可̇施̇。這̇時̇，朝̇堂̇上̇兩̇位̇巨̇人̇兄̇弟̇方̇弼̇和̇方̇相̇不̇顧̇危̇險̇，英̇勇̇搭̇救̇，背̇起̇兩̇位̇王̇子̇逃̇走̇了̇。

他們一路上遇到士兵的圍追堵截，不過他倆人高馬大，士兵根本就不是他們的對手。最後大將軍黃飛虎轉身走開，假裝沒看見。兩位巨人就這樣帶著兩位王子順利逃出。

後來，兩位王子分頭逃跑，殷郊往東魯方向，殷洪往南都方向，方弼、方相挑小路走。殷洪年紀小，走走停停。殷郊走得快些，天快黑時來到一家宅院借宿。

原來，這間大房子是丞相商容的府邸。商容熱情招待殷郊，殷郊含淚告訴商容朝中之事。商容簡直不敢相信，決定與殷郊到朝歌規勸紂王。

兩位王子逃跑，紂王又命黃飛虎派人跟上。黃飛虎派殷破敗、雷開兩位將軍帶領三千名老弱病殘的士兵去追趕，行進速度並不快。這天晚上，雷開一行人來到一座廟前準備過夜。一名士兵發現睡著的殷洪。

這裡有個人！長得有些像王子呀！

你怎麼跑得這麼慢呀！

殷破敗帶兵從另一路追趕。他是商容的門生，便來到商容府邸過夜，正巧遇見商容與殷郊共進晚餐。殷破敗帶走殷郊，商容便決定到朝歌進諫。

你這麼昏庸一定亡國，以後哪有臉見祖先？

殺了你這老東西！

用不著你動手！

咚！

紂王命人在午門外殺死兩位王子。太華山雲霄洞的赤精子和九仙山桃源洞的廣成子出來遊玩，飛過午門時見殺氣沖天，決定出手相救。他們知道，兩位王子日後是姜子牙手下的名將。

殺！

人呢？

4. 諸侯被抓啦！

西伯侯姬昌勤政愛民，沒想到紂王會荒唐到是非不分的程度，無緣無故讓他遭受冤屈……

王后和忠臣慘死，紂王心中不怕官員諫言了，但有些顧忌姜后的父親——手握兵權的東伯侯姜桓楚。紂王找來妲己和費仲商量對策。

> 姜桓楚謀反怎麼辦？

> 把四大諸侯騙進朝歌來殺了！

紂王傳四大諸侯——東伯侯姜桓楚、西伯侯姬昌、南伯侯鄂崇禹、北伯侯崇侯虎入朝觀見。西伯侯姬昌接到通知後算了一卦，知道此去凶多吉少，但不去不行，只得將諸侯國事交給長子伯邑考，辭別親人，趕赴朝歌。

> 從卦象上看，我有七年的災難呀！

一天，姬昌一行人走到燕山，他突然命屬下去樹林中找避雨的地方。屬下都很詫異，明明晴朗的天空中半片雲彩都沒有，哪來的雨呀！誰知道才過不久，就下起了滂沱大雨。

過了一會兒，姬昌又吩咐眾人準備避雷。話音剛落，響亮的雷聲就響起。不一會兒雨過天青，大家走出樹林。姬昌認為雷雨天過後，一定會出現將星，於是命人去找。士兵在路邊發現一名哭泣的孩子。

姬昌抱著孩子往村裡去，這時迎面走來一位仙風道骨的道長，正是雲中子。原來他也是來找將星的。雲中子為孩子取名為「雷震子」，並收為徒弟，姬昌十分高興。

四大諸侯齊聚朝歌。東伯侯姜桓楚得知女兒姜后慘遭迫害，痛哭流涕，姬昌建議他準備奏章面見紂王。第二天上朝，紂王根本不看奏章，指責他命女殺君，妄圖篡位，命人將姜桓楚斬首。

其他三位諸侯趕緊求情，北伯侯崇侯虎修建摘星樓時搜括民脂民膏，送給費仲不少金銀財寶，獲得費仲保全。黃飛虎、比干等人也趕緊求情，姬昌被赦免。膠鬲、楊任等人為姜桓楚和鄂崇禹求情沒奏效。兩侯被殺，家將連夜跑回封地報信。

第二天一早，姬昌啟程回西岐，大臣們都來為他送行。這時，奸臣費仲和尤渾也來了，輪番勸姬昌喝酒以套話，要他為紂王他們卜卦。姬昌未加防備，實話以告。

費仲和尤渾把姬昌的話添油加醋再說給紂王聽，紂王震怒，又把姬昌抓了回來。黃飛虎等人再次求情。紂王讓姬昌算一卦，不準就殺了他。姬昌算出第二天正午太廟會起火。紂王下令把可能引起火災的東西都挪走。第二天中午，只聽一聲晴空霹靂，太廟著火了。

太廟如姬昌所言在正午起火。紂王沒殺姬昌，但因禁了他。

5. 坐在蓮花上的童子

陳塘關有位名叫李靖的總兵，與妻子殷氏有兩個兒子。大兒子叫金吒，二兒子叫木吒。他們一家生活得很幸福，直到殷氏懷了一個三年都沒出生的孩子……。

殷氏懷孕三年六個月還沒生產，李靖懷疑妻子腹中的孩子是妖怪，但殷氏堅信是仙童。

有一天晚上，殷氏夢見一名道人讓她接兒子。她醒來後一陣腹痛，不久便生下一顆肉球。這顆肉球到處亂轉，身上充滿異香。

李靖提刀砍去，裡面卻跳出一名小男孩。只見他右手戴著金鐲子，腰上纏著一條紅綾。李靖見這孩子十分可愛，抱起來給夫人看。

第二天，自稱是乾元山金光洞的太乙真人求見李靖。太乙真人認出娃娃的鐲子是「乾坤圈」，紅綾是「混天綾」，更算出他是「靈珠子」轉世，特為滅商而來。於是，就為娃娃取名為「哪吒」，並收他為徒。

哪吒一天天長大。五月某一天，他到樹林避暑，偶然發現一條河流，就把混天綾拿下來蘸水洗澡。這條河叫九灣河，位於東海口。哪吒抖動紅綾，竟把東海龍宮攪得天翻地覆。

東海龍王敖廣派巡海夜叉到海口察看。夜叉發現小孩很淘氣，就問他在做什麼。哪吒眼見是個怪物，直接把他打死，在水中清洗乾坤圈上的血漬。這下，東海龍宮差點被晃倒了。

敖廣聽龍兵說夜叉被打死了，傳令三太子敖丙把兇手抓回來。敖丙與哪吒沒說幾句就打起來。哪吒沒幾下就將敖丙打回原形，還抽出敖丙的龍筋，打算做一條龍筋繩給父親纏束鎧甲。

　　東海龍王敖廣得知兒子敖丙慘死，恨不得馬上報仇。他來到李靖家，罵夫妻兩人教子無方。隨後就氣沖沖地去天庭找玉帝告狀。李靖把哪吒大罵一頓。

　　哪吒知道自己闖了老禍，去找師父太乙真人求救。太乙真人給哪吒一張隱身符，讓他去天庭解釋。哪吒在天庭看到敖廣，怒從中來，狠狠地打了對方一頓，還拔掉敖廣很多龍鱗。

　　哪吒怕龍王逃走，就把他變成小青蛇，放在衣袖裡，帶回陳塘關，騙父親說龍王已經原諒自己。龍王化為人形，叫囂著要和三大龍王一起去告狀。殷氏安慰丈夫，將哪吒打發到後花園。

　　哪ㄋㄚ˙吒ㄓㄚ在ㄗㄞˋ後ㄏㄡˋ花ㄏㄨㄚ園ㄩㄢˊ裡ㄌㄧˇ遛ㄌㄧㄡˋ達ㄉㄚˊ，來ㄌㄞˊ到ㄉㄠˋ了ㄌㄜ˙兵ㄅㄧㄥ器ㄑㄧˋ庫ㄎㄨˋ。他ㄊㄚ看ㄎㄢˋ到ㄉㄠˋ兵ㄅㄧㄥ器ㄑㄧˋ架ㄐㄧㄚˋ上ㄕㄤˋ有ㄧㄡˇ一ㄧ張ㄓㄤ乾ㄑㄧㄢˊ坤ㄎㄨㄣ弓ㄍㄨㄥ和ㄏㄜˊ三ㄙㄢ支ㄓ震ㄓㄣˋ天ㄊㄧㄢ箭ㄐㄧㄢˋ，便ㄅㄧㄢˋ朝ㄔㄠˊ天ㄊㄧㄢ邊ㄅㄧㄢ隨ㄙㄨㄟˊ意ㄧˋ射ㄕㄜˋ了ㄌㄜ˙一ㄧ箭ㄐㄧㄢˋ。誰ㄕㄟˊ知ㄓ，這ㄓㄜˋ一ㄧ箭ㄐㄧㄢˋ竟ㄐㄧㄥˋ然ㄖㄢˊ射ㄕㄜˋ到ㄉㄠˋ石ㄕˊ磯ㄐㄧ娘ㄋㄧㄤˊ娘ㄋㄧㄤˊ的ㄉㄜ˙弟ㄉㄧˋ子ㄗˇ碧ㄅㄧˋ雲ㄩㄣˊ童ㄊㄨㄥˊ子ㄗˇ喉ㄏㄡˊ嚨ㄌㄨㄥˊ上ㄕㄤˋ。

　　石ㄕˊ磯ㄐㄧ娘ㄋㄧㄤˊ娘ㄋㄧㄤˊ放ㄈㄤˋ出ㄔㄨ八ㄅㄚ卦ㄍㄨㄚˋ雲ㄩㄣˊ光ㄍㄨㄤ帕ㄆㄚˋ，將ㄐㄧㄤ李ㄌㄧˇ靖ㄐㄧㄥˋ抓ㄓㄨㄚ了ㄌㄜ˙起ㄑㄧˇ來ㄌㄞˊ，罵ㄇㄚˋ他ㄊㄚ殺ㄕㄚ了ㄌㄜ˙自ㄗˋ己ㄐㄧˇ的ㄉㄜ˙弟ㄉㄧˋ子ㄗˇ。李ㄌㄧˇ靖ㄐㄧㄥˋ丈ㄓㄤˋ二ㄦˋ金ㄐㄧㄣ剛ㄍㄤ摸ㄇㄛ不ㄅㄨˋ著ㄓㄠˊ頭ㄊㄡˊ腦ㄋㄠˇ，請ㄑㄧㄥˇ求ㄑㄧㄡˊ回ㄏㄨㄟˊ去ㄑㄩˋ調ㄉㄧㄠˋ查ㄔㄚˊ。這ㄓㄜˋ一ㄧ查ㄔㄚˊ，發ㄈㄚ現ㄒㄧㄢˋ又ㄧㄡˋ是ㄕˋ三ㄙㄢ兒ㄦˊ子ㄗˇ惹ㄖㄜˇ的ㄉㄜ˙禍ㄏㄨㄛˋ，只ㄓˇ得ㄉㄟˇ帶ㄉㄞˋ著ㄓㄜ˙哪ㄋㄚ˙吒ㄓㄚ去ㄑㄩˋ找ㄓㄠˇ石ㄕˊ磯ㄐㄧ娘ㄋㄧㄤˊ娘ㄋㄧㄤˊ處ㄔㄨˇ置ㄓˋ。

　　哪ㄋㄚ˙吒ㄓㄚ等ㄉㄥˇ在ㄗㄞˋ洞ㄉㄨㄥˋ口ㄎㄡˇ，擔ㄉㄢ心ㄒㄧㄣ打ㄉㄚˇ不ㄅㄨˊ過ㄍㄨㄛˋ他ㄊㄚ們ㄇㄣ˙，就ㄐㄧㄡˋ先ㄒㄧㄢ把ㄅㄚˇ彩ㄘㄞˇ雲ㄩㄣˊ童ㄊㄨㄥˊ子ㄗˇ打ㄉㄚˇ倒ㄉㄠˇ在ㄗㄞˋ地ㄉㄧˋ。石ㄕˊ磯ㄐㄧ娘ㄋㄧㄤˊ娘ㄋㄧㄤˊ循ㄒㄩㄣˊ聲ㄕㄥ出ㄔㄨ洞ㄉㄨㄥˋ，一ㄧ把ㄅㄚˇ接ㄐㄧㄝ住ㄓㄨˋ哪ㄋㄚ˙吒ㄓㄚ放ㄈㄤˋ出ㄔㄨ的ㄉㄜ˙乾ㄑㄧㄢˊ坤ㄎㄨㄣ圈ㄑㄩㄢ。哪ㄋㄚ˙吒ㄓㄚ這ㄓㄜˋ時ㄕˊ甩ㄕㄨㄞˇ出ㄔㄨ混ㄏㄨㄣˋ天ㄊㄧㄢ綾ㄌㄧㄥˊ，

娘ㄋㄧㄤˊ娘ㄋㄧㄤˊ用ㄩㄥˋ衣ㄧ袖ㄒㄧㄡˋ接ㄐㄧㄝ住ㄓㄨˋ。哪ㄋㄚ˙吒ㄓㄚ見ㄐㄧㄢˋ情ㄑㄧㄥˊ勢ㄕˋ不ㄅㄨˊ妙ㄇㄧㄠˋ，趕ㄍㄢˇ緊ㄐㄧㄣˇ逃ㄊㄠˊ跑ㄆㄠˇ！

憑什麼？吃我一劍！

哪吒是滅商的神仙，奉命出生，妳就饒了他吧！

　　哪吒逃到師父那裡。太乙真人請求石磯娘娘放過哪吒，石磯娘娘不肯，兩人打了起來。石磯娘娘根本就不是太乙真人的對手，幾個回合就被打回原形。原來，她是一塊頑石。

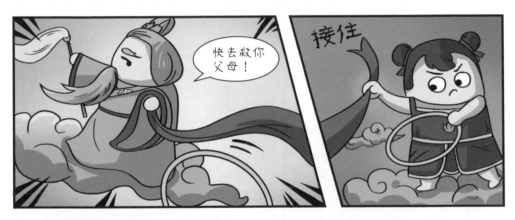

快去救你父母！

接住

　　此時，四海龍王將李府團團圍住。太乙真人把混天綾和乾坤圈還給哪吒，讓他趕緊回家救父母親。哪吒以最快的速度趕回家中。

一人做事一人當，有什麼事衝著我來！

好呀，那你就做個孝子吧！

　　哪吒與敖廣對峙。他決定削骨還父，削肉還母，一是報答父母的養育之恩，二是以自己的命還敖丙的命。看著兒子死在自己面前，李靖夫婦抱頭痛哭！

　　哪ㄋㄚˊ吒ㄓㄚ的ㄉㄜ˙魂ㄏㄨㄣˊ魄ㄆㄛˋ飄ㄆㄧㄠ去ㄑㄩˋ找ㄓㄠˇ太ㄊㄞˋ乙ㄧˇ真ㄓㄣ人ㄖㄣˊ。師ㄕ父ㄈㄨˋ囑ㄓㄨˇ咐ㄈㄨˋ他ㄊㄚ託ㄊㄨㄛ夢ㄇㄥˋ給ㄍㄟˇ母ㄇㄨˇ親ㄑㄧㄣ，讓ㄖㄤˋ她ㄊㄚ建ㄐㄧㄢˋ造ㄗㄠˋ一ㄧˋ座ㄗㄨㄛˋ行ㄒㄧㄥˊ宮ㄍㄨㄥ，三ㄙㄢ年ㄋㄧㄢˊ香ㄒㄧㄤ火ㄏㄨㄛˇ不ㄅㄨˊ斷ㄉㄨㄢˋ，他ㄊㄚ就ㄐㄧㄡˋ可ㄎㄜˇ以ㄧˇ重ㄔㄨㄥˊ生ㄕㄥ。愛ㄞˋ子ㄗˇ心ㄒㄧㄣ切ㄑㄧㄝˋ的ㄉㄜ˙殷ㄧㄣ氏ㄕˋ多ㄉㄨㄛ次ㄘˋ夢ㄇㄥˋ到ㄉㄠˋ兒ㄦˊ子ㄗˇ，便ㄅㄧㄢˋ不ㄅㄨˊ顧ㄍㄨˋ丈ㄓㄤˋ夫ㄈㄨ反ㄈㄢˇ對ㄉㄨㄟˋ，私ㄙ下ㄒㄧㄚˋ託ㄊㄨㄛ人ㄖㄣˊ建ㄐㄧㄢˋ造ㄗㄠˋ行ㄒㄧㄥˊ宮ㄍㄨㄥ。

　　過ㄍㄨㄛˋ了ㄌㄜ˙半ㄅㄢˋ年ㄋㄧㄢˊ有ㄧㄡˇ餘ㄩˊ，李ㄌㄧˇ靖ㄐㄧㄥˋ聽ㄊㄧㄥ說ㄕㄨㄛ有ㄧㄡˇ座ㄗㄨㄛˋ祠ㄘˊ堂ㄊㄤˊ很ㄏㄣˇ靈ㄌㄧㄥˊ驗ㄧㄢˋ，百ㄅㄞˇ姓ㄒㄧㄥˋ許ㄒㄩˇ願ㄩㄢˋ都ㄉㄡ能ㄋㄥˊ實ㄕˊ現ㄒㄧㄢˋ。結ㄐㄧㄝˊ果ㄍㄨㄛˇ他ㄊㄚ發ㄈㄚ現ㄒㄧㄢˋ這ㄓㄜˋ座ㄗㄨㄛˋ祠ㄘˊ堂ㄊㄤˊ供ㄍㄨㄥˋ奉ㄈㄥˋ的ㄉㄜ˙居ㄐㄩ然ㄖㄢˊ是ㄕˋ哪ㄋㄚˊ吒ㄓㄚ，就ㄐㄧㄡˋ砸ㄗㄚˊ了ㄌㄜ˙雕ㄉㄧㄠ像ㄒㄧㄤˋ、燒ㄕㄠ了ㄌㄜ˙祠ㄘˊ堂ㄊㄤˊ。

從此以後，你就是蓮花童子哪吒啦！

　　哪吒的魂魄再次飄向太乙真人求助。他命童子到五蓮池中採集蓮花、蓮葉和蓮藕，將荷葉梗折成三百骨節，鋪好花瓣，中間放一粒金丹後，把哪吒推了進去。眨眼間，一個男孩從中間跳出來。哪吒重生啦！

　　復活的哪吒腳踩風火輪、手提火尖槍來到陳塘關找李靖報仇。誰叫他要燒了祠堂！父子兩人打了起來。哥哥木吒勸不住，也加入了戰鬥。

　　哪吒對李靖窮追不捨，燃燈道人幫李靖制服哪吒，還化解了父子間的矛盾，更送給李靖一座金塔。哪吒要是不服管教，就用金塔關他、燒他。

父子兩人才和睦相處。

6. 琵琶精被燒死啦！

元始天尊的徒弟姜子牙學成下山，此時已經七十二歲了。姜子牙沒有親人，只有一個叫「宋異人」的結拜兄弟，於是他到朝歌去找宋異人……

姜子牙會土遁，能鑽到地下快速行走，很快就抵達朝歌。他找到宋異人，兩人高興地聊了起來。宋異人得知姜子牙學道四十年了，沒有娶妻，就介紹了一個對象給他。

書裡有飯還是菜嗎？快給我出去賺錢！

唉，好吧！

姜子牙與馬氏在宋異人的撮合下結為夫妻。姜子牙在家裡看書、修道，馬氏認為他這樣很沒出息，便催促他出去工作。

　　姜꒦子ꝑ牙Ꞁ賣ꞈ笊ꞈ籬ꞈ，　一ꝭ個ꞈ也ꞈ賣ꞈ不Ꝿ出꞉去ꞈ；　賣ꞈ麵Ꞁ粉ꞈ，被Ꝿ路ꞈ過ꝣ的꒦馬Ꞌ踢꒦翻ꝭ；　開ꝭ餐ꝭ廳꞉，　沒ꝭ生ꝭ意ꞈ，　飯꞉菜ꞈ臭Ꝿ了꒡，酒꒦也ꞈ酸ꝭ了꒡；　賣ꞈ肉Ꝿ，　碰ꝣ上꞉紂ꝣ王꞉求ꝣ雨ꞈ，　忌Ꝿ殺꒦生ꝭ，　豬ꝣ、牛Ꝿ、羊꞉肉Ꝿ全ꝭ被Ꝿ官ꝭ府ꞈ充ꝭ公ꝭ。

　　這ꝣ天ꝭ，　宋ꝣ異ꞈ人ꝭ請꒦鬱ꞈ悶ꞈ無Ꞌ比꒦的꒦姜꒦子ꝑ牙Ꞁ吃ꝭ飯꞉。　飯꞉後꞉，　兩Ꞌ人ꝭ散ꞈ步Ꝿ到ꞈ花ꝭ園Ꞁ裡꒦。　這ꝣ裡꒦有꒦塊Ꝿ空ꝭ地ꞈ，　姜꒦子ꝑ牙Ꞁ看ꞈ出Ꝿ那ꝣ是ꞈ風ꝭ水꒦寶꒦地ꞈ，　便ꞈ提ꝑ議ꞈ幫ꝭ宋ꝣ異ꞈ人ꝭ建ꞈ座ꞈ樓ꝣ房ꝣ。

好的，我們天天挖土、運土。

打擾人家蓋房，罰你們當建築工人！

　　宋異人按照姜子牙的說法開始動工。上梁那天，他請來姜子牙，結果進入後花園，只見一陣狂風大作，火光中閃現出五隻面目猙獰的五色妖怪。姜子牙立即收服，並懲罰他們去西岐山上挖土，等待日後為己所用。

你有這本事，開算命館肯定生意興旺！

算命館

　　宋異人等人見狀，認為姜子牙很適合開算命館。於是，宋異人在朝歌南門最熱鬧的地方，替他開了一間算命館。

先生，你算得準，我給你二十文錢。算不準，就吃我幾拳！

哈哈，這是做白日夢吧！

好吧！你出門一直往南走，會有一百二十文的收入，還能得到四份點心和兩碗酒。

說不定美夢成真呢！

　　這天，算命館來了一位砍柴人要試試姜子牙的本事。他叫劉乾，是附近愛刁難出了名、不好對付的人。

劉乾向南走去。這時，一戶人家的主人出門，見劉乾扛的柴很好，就約好用一百文買下來。劉乾將柴送到院中並幫忙清掃草葉，男主人開心地邀他入廳，備了兩碗酒和四份點心，還多給了二十文錢。原來，那家的女主人剛生了孩子。

　　劉乾跑著回到算命館，驚嘆姜子牙是神人。他怕有詐，還抓一個路人來算命，姜子牙又準確算中。從此，劉乾逢人就說姜子牙是老神仙。姜子牙算命館的生意越來越好啦！

　　玉山石户琵琶精到朝歌探望妲己，眼見姜子牙的算命館門庭若市，就想看看他有多麼厲害。於是，她搖身一變，成了一名穿著孝服的年輕婦人。

　　婦人剛進門，姜子牙一眼便看出她是妖精。於是，他藉著看手相的名義抓住妖精的命門，還在眾目睽睽之下打破婦人的頭。

　　此時，丞相比干恰巧路過。他問明原委，姜子牙堅稱婦人是妖精。比干認為這件事要由紂王定奪，便把姜子牙和婦人的屍體帶到宮中。姜子牙怕妖怪跑了，一直抓著妖怪的命門。

紂王圍著屍體轉了兩圈，怎麼也看不出她是個妖怪，就讓姜子牙證明。姜子牙將符印貼在屍體的頭頂、前身和後背，放火燒了好幾個小時，婦人的屍體絲毫未變，紂王這才相信姜子牙。

紂王想看看這妖怪到底為何物，姜子牙就用三昧真火燒婦人，沒想到屍體竟然說話了，紂王等人嚇得半死。不一會兒，婦人變成玉石琵琶。妲己聞聲而來，心如刀絞，暗下決心要為妹妹報仇。

紂王見姜子牙有真本事，封他為下大夫，眾人紛紛向他祝賀。妲己把玉石琵琶放在摘星樓上，吸收天地靈氣、日月精華，待五年後玉石琵琶精恢復元神，與她一起聯手禍害商朝。

7. 喝酒吃肉的大陣仗

壞心眼的妲己又研究出新刑罰，不少人要遭殃了。殘暴的紂王貪圖享樂，居然建造酒池肉林！妲己對姜子牙懷恨在心，他能鬥得過妲己嗎？

姜后就是被妳害死的，壞女人！

瞧你們那苦瓜臉，不會笑嗎？真掃興！

這天，妲己為紂王跳舞，發現有七十幾名宮女全部面露憂傷。一問之下，得知她們曾是姜后的侍御宮人。

「賜」她們金瓜！

慢著，大王，不如試試蠆盆，這可是新花樣！

蠆盆

紂王下令讓宮女們感受一下「金瓜擊頂」，卻被妲己攔住。她想出一個更惡毒的辦法：將宮女們推入放滿毒蛇的大坑裡，讓她們在恐懼和毒液的侵蝕中慢慢死去。她將這種刑罰稱為「蠆盆」。

紂王下令每戶人家繳交四條毒蛇。大臣們上朝時，看到百姓交毒蛇，感到很奇怪。大夫膠鬲從收蛇官的口中得知，這些蛇是為薑盆之刑準備的，便立即趕往摘星樓阻止紂王。

膠鬲看到受刑宮女的慘狀、想到百姓傾家蕩產買蛇上繳，憤怒地指責紂王。紂王惱羞成怒罰他下薑盆，膠鬲為此縱身跳下摘星樓摔死了。

有一天，妲己想到害死姜子牙的辦法。她決定說服紂王，讓姜子牙修建一座招攬神仙的「鹿台」。

這張符難道是姜子牙留給我的？

姜子牙淹死了！

我跳水！

　　姜子牙不願建造鹿台這種勞民傷財的工程，於是計畫逃跑。臨走前，他把一道能保護五臟六腑的符壓在比干的硯台下，以此報答比干的提攜之恩。姜子牙勸諫紂王以民為重，卻惹怒紂王。紂王下令捉拿他時，姜子牙在眾目睽睽之下水遁逃跑，大家都以為他淹死了。

跟我一起去西岐吧！

趕緊發字走人，，喝吧到我西有吃有岐願意跟你！

送君千里，終有一別！保重！

　　姜子牙藉水遁逃走後，計畫前去西岐。馬氏不想跟著顛沛流離，決定與他分開。宋異人捨不得姜子牙，送他走了很遠一段路。

紂왕王命미忠ㄓ臣ㄔ楊ㄧ任ㄖ修ㄒ建ㄐ鹿ㄌ台ㄊ。 楊ㄧ任ㄖ勸ㄑ說ㄕ紂ㄓ王ㄨ，誰ㄕ知ㄓ紂ㄓ王ㄨ不ㄅ僅ㄐ不ㄅ聽ㄊ勸ㄑ， 還ㄏ下ㄒ令ㄌ挖ㄨ了ㄌ他ㄊ的ㄉ雙ㄕ眼ㄧ。

被ㄅ挖ㄨ去ㄑ雙ㄕ眼ㄧ的ㄉ楊ㄧ任ㄖ奄ㄧ奄ㄧ一一息ㄒ， 幸ㄒ虧ㄎ道ㄉ德ㄉ真ㄓ君ㄐ救ㄐ了ㄌ他ㄊ， 還ㄏ送ㄙ給ㄍ他ㄊ一一雙ㄕ上ㄕ能ㄋ通ㄊ天ㄊ、 下ㄒ能ㄋ入ㄖ地ㄉ、中ㄓ間ㄐ能ㄋ體ㄊ察ㄔ民ㄇ情ㄑ的ㄉ眼ㄧ睛ㄐ。 楊ㄧ任ㄖ馬ㄇ上ㄕ拜ㄅ道ㄉ德ㄉ真ㄓ君ㄐ為ㄨ師ㄕ， 靜ㄐ待ㄉ西ㄒ周ㄓ的ㄉ召ㄓ喚ㄏ。

除ㄔ了ㄌ讓ㄖ崇ㄔ侯ㄏ虎ㄏ修ㄒ建ㄐ鹿ㄌ台ㄊ， 為ㄨ了ㄌ便ㄅ於ㄩ行ㄒ樂ㄌ， 紂ㄓ王ㄨ受ㄕ妲ㄉ己ㄐ慫ㄙ恿ㄩ， 還ㄏ要ㄧ在ㄗ薹ㄉ盆ㄆ兩ㄌ邊ㄅ修ㄒ建ㄐ灌ㄍ滿ㄇ美ㄇ酒ㄐ的ㄉ池ㄔ子ㄗ和ㄏ掛ㄍ滿ㄇ肉ㄖ片ㄆ的ㄉ樹ㄕ林ㄌ。

38

為了修建鹿台和酒池肉林，一家之中若有三名男子，有兩名得去服役。累死在鹿台上的百姓數以萬計。朝歌人民不堪忍受，紛紛逃往西岐。

姜子牙一路趕往西岐。這天路過潼關時，發現近千名百姓在關口啜泣。原來是守城的張鳳不讓百姓過關去往西岐。

姜子牙決定和張鳳談談。張鳳聽說姜子牙在朝廷做官，很客氣地將他請進屋裡。姜子牙講述紂王昏庸至極，沒想到張鳳一聽就翻臉，將姜子牙轟出門。

百姓們見姜子牙被推了出來，放聲痛哭。姜子牙於心不忍，就用土遁術帶著百姓們逃走了。

你們閉上眼睛，我送你們出五關！

眼睛張開就到西岐的金雞嶺啦！

姜子牙帶著百姓們連過五關，才將他們成功帶到西岐邊境。百姓們辭別姜子牙去往西岐，姜子牙則去磻溪隱居了。

8. 我竟然吃了兒子

西伯侯姬昌被囚禁在朝歌七年，大兒子伯邑考再也按捺不住，不顧父親臨行前的囑託，帶著三件祖傳寶物和十名美女去朝歌營救父親……

弟弟，你來看家，我去救父親！

唉，你爸不會同意你這麼做的！

　　轉眼間，姬昌已被關押七年。越來越多難民從朝歌湧向西岐，這讓伯邑考更加思念父親。於是，他將諸侯國內事務交給弟弟姬發，不顧軍師散宜生的阻攔，帶著禮物去朝歌了。

伯邑考，你送的這些禮物很不錯呀！

可是大王喜歡呀！

伯邑考，你準備的這些禮物只會讓大王更玩物喪志、沉迷女色！

醒酒毯

　　伯邑考為紂王精心準備禮物，包括聽從指令的七香車、躺在上面可以醒酒的醒酒毯、能唱會跳的白面猿猴，以及十位絕色美女。比干見到這些連連搖頭，但他仍然帶著伯邑考面見紂王。

41

伯ᴮᴼ邑ˋᴵ考ˇᴷ見ᴶ紂ˋᴶ王ˊᴸ心ᴵᴛ情ˊᴵ不ˋᴮ錯ˋᴄᴏ，就ᴶ請ˇ求ᴶ他ᴛ放ˋ了ᴸ父ˋᴱ親ᴺᴶ姬ᴶ昌ᴄ。這ˋ時ˊᴸ，藏ˊᴄ在ˋᴢ簾ˊᴸ子˙ᴢ後ˋᴅ的ᴅ妲ˊᴅ己ˇᴶ走ˇ出ᴄ來ˊᴸ，眼ˇᴵ見ᴶ伯ᴮ邑ˋ考ˇ是ˋᴸ名ˊᴸ英ᴛ俊ˋᴶ少ˋᴸ年ˊᴺ便ˋᴮ心ᴛ生ᴿ愛ˋᴶ慕ˋᴍ。原ˊᴅ來ˊᴸ，這ˋ狐ˊᴅ狸ˊᴸ精ᴶ也ˇᴵ愛ˋᴶ帥ˋᴸ哥ᴄ。

妲ˊᴅ己ˇᴶ讓ˋᴸ伯ᴮ邑ˋ考ˇ彈ˊᴅ琴ˊᴶ。伯ᴮ邑ˋ考ˇ本ˇᴮ來ˊᴸ不ˋᴮ願ˋᴺ意ˋᴵ，但ˋᴅ為ˋᴸ了ᴸ救ˋᴶ父ˋᴱ親ᴺ只ˇᴶ好ˇᴸ聽ᴛ從ˊᴄ。琴ˊᴶ聲ᴿᴛ響ˇᴛ起ˇᴶ，所ˇᴸ有ˇᴵ人ˊᴼ都ᴅ沉ˊᴄ醉ˋᴢ在ˋᴢ美ˇᴍ妙ˋᴍ的ᴅ樂ˋᴸ曲ˇᴶ聲ᴿᴛ中ᴛ。

厚ˋᴅ顏ˊᴺ無ˊᴡ恥ˇᴄ的ᴅ妲ˊᴅ己ˇᴶ對ˋᴅ紂ˋᴶ王ˊᴸ說ᴸ，自ˋᴢ己ˇᴶ學ˊᴛ會ˋᴸ彈ˊᴅ琴ˊᴶ才ˊᴄ能ˊᴸ常ˊᴄ替ˋᴛ紂ˋᴶ王ˊᴸ彈ˊᴅ奏ˋᴢ，伯ᴮ邑ˋ考ˇ回ˊᴅ去ˋᴶ後ˋᴅ，也ˇᴵ才ˊᴄ能ˊᴸ繼ˋᴶ續ˋᴛ維ˊᴡ持ˊᴄ這ˋ美ˇᴍ妙ˋᴍ的ᴅ音ᴛ樂ˋᴸ。她ᴛ藉ˋᴶ機ᴶ要ˋᴸ求ᴶ伯ᴮ邑ˋ考ˇ教ᴶ她ᴛ彈ˊᴅ琴ˊᴶ，更ˋᴷ想ˇᴵ方ᴛ設ˋᴸ法ˇᴱ勾ᴋ引ˇᴵ伯ᴮ邑ˋ考ˇ，但ˋᴅ正ˋᴢ直ˊᴢ的ᴅ他ᴛ始ˇᴸ終ᴶ與ˇᴵ妲ˊᴅ己ˇᴶ保ˇᴮ持ˊᴄ距ˋᴶ離ˊᴸ。

妲己眼見引誘伯邑考無效，心生怨恨，在紂王面前說伯邑考以言語調戲她。紂王聽了很生氣，隔天就叫伯邑考前來問話。

伯邑考與妲己當面對質。他並沒有犯錯，妲己也無可奈何。這時，紂王讓白面猿猴合力演奏，其歌舞讓大家如癡如醉，妲己竟忘我地露出狐狸尾巴。

白面猿猴見到狐狸尾巴，立即朝妲己撲去。情急之下，紂王一拳將牠打死。伯邑考則被冠上行刺罪名處刑。

妲己已经要求紂王讓她處置伯邑考。之後，她命人割下伯邑考的肉做成肉餅，送給姬昌吃。

會占卜的姬昌在獄中推算出兒子伯邑考的厄運，也知道肉餅是用兒子的肉做成的。但為了打消紂王的猜忌，姬昌裝作毫不知情的樣子，連吃了三塊。

聽說姬昌連吃三塊肉餅，紂王哈哈大笑，覺得差不多了，可以放走姬昌。費仲出言阻攔。

44

弟弟姬發聽聞哥哥慘死，痛哭流涕。軍師散宜生建議收買紂王的寵臣費仲和尤渾。

小知識：
官員升遷時，應鼓樂齊鳴遊街三天，這就是「誇官」。

費仲和尤渾開始在紂王面前說姬昌好話。於是紂王放了姬昌，還封他為周文王。按照禮制，姬昌要在朝歌誇官三天再回封地。

誇官的第三天，姬昌的好友黃飛虎提醒他提前離開朝歌。

45

得知姬昌跑了了，紂王派殷破敗、雷開兩位將軍追捕。眼見追兵越來越近，此時，長著一對翅膀的紅髮藍臉人從天而降。原來，他是七年前姬昌在驚雷後認的那個兒子——雷震子。

兒子，你太優秀啦！

父親別怕，我帶您飛出重圍！

父親受苦啦！

文王受苦啦！

伯邑考，爸爸一定會替你報仇！

雷震子用神力嚇退二將後，背著姬昌飛往西岐。兩人在金雞嶺分別，雷震子便返回覆命。姬昌的母親占卜算出兒子要回家了，趕緊讓姬發等人出城迎接。一家人終於在七年之後團圓，姬昌老淚縱橫。突然之間，他吐了起來，還吐出三隻小白兔。回宮調養好之後，姬昌下定決心要為兒子報仇！

9. 我上鉤,我願意

隱居的姜子牙聽說文王回到西岐,卻並不急著求見,而是每日在溪邊釣魚。守株待兔的姜子牙,能等到文王嗎?

我付工錢給願意修建靈台的百姓。

招聘

走!修建靈台去吧!

文王回到西岐,一心一意為百姓做事。他主張修建靈台為百姓占卜,大家都很高興。

我為什麼會夢到飛熊?

恭喜文王,將有賢者相助!

有天晚上,文王夢見一隻會飛的熊向他帳中撲來。醒來之後,軍師散宜生說這夢是吉兆,預告將有賢者幫他治理國家。他們並不知道,姜子牙的道號就是「飛熊」。

哈哈，聽你這笨笨的名字就做不了大事。

我姓姜，名尚，字子牙，道號「飛熊」。

　　這天，姜子牙像往常一樣在渭水邊釣魚。樵夫武吉路過，兩人便閒聊了幾句。武吉嘲笑姜子牙的道號，姜子牙卻毫不生氣。

老姜，直魚鉤怎麼能釣到魚啊？

「寧在直中取，不向曲中求。」你最近要小心，千萬別殺人！

開什麼玩笑！我跟人無冤無仇，為什麼要殺人！

　　武吉見姜子牙的魚鉤是直的，覺得很奇怪。姜子牙看出武吉不久後會捲入人命官司，便善意地提醒了幾句。

　　武吉扛柴進城去了。路上，他遇到文王出行的馬車隊，快速閃身讓路。誰知道這一閃，不小心把尖銳的木

殺人啦！

柴扎進守門將領王相的耳朵，王相當場死亡。

　　雖然武吉不是故意的，但按照律法，致人死亡要償命。於是文王畫了個圈，讓武吉待在圈裡，等他辦完事再來處置武吉。這就是「畫地為牢」。

嗚嗚嗚，只剩媽媽一人以後怎麼辦？

你回家安頓好母親再回來受罰吧！

　　武吉在圈裡待了三天，想起家中年過古稀的母親無人供養，嚎啕大哭。這時軍師散宜生路過，允許他先回家安頓母親，再來領罰。

49

既然飛熊先生能看出你有難，一定也有破解之道。

那我去試試吧！

武吉回到家中與母親告別。母親得知事情始末，便建議武吉去找姜子牙想辦法。

放心吧，文王占卜也找不到你了，以後用心練武！

多謝師父！

武吉請求姜子牙幫忙。姜子牙推算出武吉有望成為武將，便收他為徒，並教他躲避文王追蹤的辦法。

文王，武吉跑了！

不對，他死了，不是逃跑！

其實我就是逃跑啦！

時間到了，但武吉還沒回來，散宜生趕緊向文王彙報。文王占卜發現武吉已經死了，決定到此為止。

有ㄧ一一天ㄊㄧㄢ，文ㄨㄣ王ㄨㄤ在ㄗㄞ江ㄐㄧㄤ邊ㄅㄧㄢ賞ㄕㄤ春ㄔㄨㄣ行ㄒㄧㄥ樂ㄌㄜ，講ㄐㄧㄤ述ㄕㄨ歷ㄌㄧ朝ㄔㄠ興ㄒㄧㄥ衰ㄕㄨㄞ的ㄉㄜ歷ㄌㄧ史ㄕ給ㄍㄟ大ㄉㄚ臣ㄔㄣ們ㄇㄣ聽ㄊㄧㄥ。講ㄐㄧㄤ得ㄉㄜ正ㄓㄥ起ㄑㄧ勁ㄐㄧㄥ時ㄕ，突ㄊㄨ然ㄖㄢ聽ㄊㄧㄥ見ㄐㄧㄢ很ㄏㄣ多ㄉㄨㄛ漁ㄩ民ㄇㄧㄣ在ㄗㄞ江ㄐㄧㄤ上ㄕㄤ唱ㄔㄤ歌ㄍㄜ，文ㄨㄣ王ㄨㄤ被ㄅㄟ他ㄊㄚ們ㄇㄣ的ㄉㄜ歌ㄍㄜ詞ㄘ吸ㄒㄧ引ㄧㄣ了ㄌㄜ。

文ㄨㄣ王ㄨㄤ認ㄖㄣ為ㄨㄟ這ㄓㄜ些ㄒㄧㄝ漁ㄩ民ㄇㄧㄣ之ㄓ中ㄓㄨㄥ一ㄧ定ㄉㄧㄥ有ㄧㄡ賢ㄒㄧㄢ能ㄋㄥ之ㄓ人ㄖㄣ，便ㄅㄧㄢ攔ㄌㄢ住ㄓㄨ他ㄊㄚ們ㄇㄣ。

他ㄊㄚ們ㄇㄣ只ㄓ說ㄕㄨㄛ寫ㄒㄧㄝ歌ㄍㄜ的ㄉㄜ人ㄖㄣ是ㄕ隱ㄧㄣ居ㄐㄩ在ㄗㄞ磻ㄆㄢ溪ㄒㄧ的ㄉㄜ姜ㄐㄧㄤ姓ㄒㄧㄥ老ㄌㄠ頭ㄊㄡ。此ㄘ時ㄕ，又ㄧㄡ一ㄧ位ㄨㄟ樵ㄑㄧㄠ夫ㄈㄨ挑ㄊㄧㄠ著ㄓㄜ柴ㄔㄞ、唱ㄔㄤ著ㄓㄜ歌ㄍㄜ走ㄗㄡ來ㄌㄞ。散ㄙㄢ宜ㄧ生ㄕㄥ一ㄧ眼ㄧㄢ認ㄖㄣ出ㄔㄨ唱ㄔㄤ歌ㄍㄜ的ㄉㄜ人ㄖㄣ正ㄓㄥ是ㄕ武ㄨ吉ㄐㄧ。武ㄨ吉ㄐㄧ掉ㄉㄧㄠ頭ㄊㄡ就ㄐㄧㄡ跑ㄆㄠ，但ㄉㄢ還ㄏㄞ是ㄕ被ㄅㄟ士ㄕ兵ㄅㄧㄥ抓ㄓㄨㄚ了ㄌㄜ回ㄏㄨㄟ來ㄌㄞ。

　　文王得知幫助武吉逃過一劫的人是「飛熊」時，大吃一驚，當下就決定去請姜子牙。偏偏姜子牙與道友出去閒遊了，於是文王回宮特意齋戒三天，再沐浴更衣，帶著禮物和儀仗隊浩浩蕩蕩去接姜子牙。

　　武吉帶著文王和眾人穿過樹林，來到小溪邊。只見溪邊坐著一名老漁夫，正是姜子牙。文王誠心邀請姜子牙隨他回西岐。

　　比干聽說文王拜姜子牙為相一事，憂心忡忡地向紂王彙報。但崇侯虎為了討好紂王，辯稱文王和姜子牙都是無能之輩，不必在意。

粗心的紂王便去參觀剛剛建好的鹿台。他與妲己在這裡訂下一個計畫，究竟會是什麼呢？

10. 讓我看看你的心長怎樣

比干是紂王的叔叔，一心維護商朝。即便如此，他也沒能逃脫悲慘的命運。這一切，始於一場早有陰謀的宴會……。

我看差不多是這個月的農曆十五日晚上。

愛妃，妳說修建鹿台可以招攬神仙下凡，他們什麼時候能來呀？

鹿台提前完工了！紂王拉著妲己滿心歡喜地去視察。站在高聳入雲的鹿台上，紂王與妲己計畫在十五月圓之夜，邀請神仙一起狂歡。

1，2，3……39。好，夠了！

我！

你們誰能變成人？

我！

我！

妲己哪有什麼通天的本事，就請自己的姐妹和孩兒們幫忙。當晚，趁著紂王熟睡，妲己偷偷回到自己的巢穴，讓能夠變成人形的狐狸們在月圓之夜扮成仙人，一起去鹿台騙紂王。

妲己要為紂王準備美味珍饈、擺放三十九個席位，排成三排。紂王提議讓大臣斟酒陪宴，妲己便建議找酒量好的比干。

月圓之夜，狐妖們扮成仙人的模樣登上鹿台。起初比干有些激動，但沒過多久，激動就變成了疑惑。

小狐妖們從沒吃過這麼多好東西，難免多喝幾杯，竟控制不了自己，露出了狐狸尾巴。

比干憂心忡忡地回家。途中路過黃飛虎家，便將這件事告訴他。

酒席散去，黃飛虎派黃明、周紀、龍環、吳謙分別守住四座城門，跟蹤這些「神仙」。結果發現他們在軒轅墳附近消失不見。

第二天一早，黃飛虎和比干帶著士兵們來到軒轅墳前的狐狸老巢，一把火燒了狐狸洞。大火一直燒到中午才熄滅。

55

大火熄滅後，士兵們拉出狐狸們的屍體。比干命人剝下沒被燒壞的狐狸皮，縫製成一件狐皮袍襖送給紂王。妲己見了如萬箭穿心，差點暈過去！

妲己很快就想到對付比干的辦法。她將雉雞精妹妹胡喜媚推薦給紂王。喜媚進宮後，紂王整日與姐妹兩人尋歡作樂，更加不理朝政了。

一天早上，紂王和兩名妖精正在吃飯。妲己突然大叫一聲暈倒在地，口吐鮮血，臉色發白。紂王嚇得面如土色。

紂王很困惑，「玲瓏心」究竟是顆什麼心。喜媚假裝掐指一算，告訴紂王朝中有位大臣長著玲瓏心。

紂ㄓㄡˋ王ㄨㄤˊ派ㄆㄞˋ人ㄖㄣˊ連ㄌㄧㄢˊ送ㄙㄨㄥˋ五ㄨˇ封ㄈㄥ信ㄒㄧㄣˋ召ㄓㄠˋ比ㄅㄧˇ干ㄍㄢ入ㄖㄨˋ宮ㄍㄨㄥ。送ㄙㄨㄥˋ信ㄒㄧㄣˋ的ㄉㄜˊ僕ㄆㄨˊ人ㄖㄣˊ偷ㄊㄡ偷ㄊㄡ告ㄍㄠˋ訴ㄙㄨˋ比ㄅㄧˇ干ㄍㄢ，紂ㄓㄡˋ王ㄨㄤˊ要ㄧㄠˋ挖ㄨㄚ他ㄊㄚ的ㄉㄜˊ心ㄒㄧㄣ給ㄍㄟˇ妲ㄉㄚˊ己ㄐㄧˇ治ㄓˋ病ㄅㄧㄥˋ。比ㄅㄧˇ干ㄍㄢ與ㄩˇ家ㄐㄧㄚ人ㄖㄣˊ抱ㄅㄠˋ頭ㄊㄡˊ痛ㄊㄨㄥˋ哭ㄎㄨ，卻ㄑㄩㄝˋ也ㄧㄝˇ不ㄅㄨˋ得ㄉㄜˊ不ㄅㄨˋ去ㄑㄩˋ。

比ㄅㄧˇ干ㄍㄢ的ㄉㄜˊ兒ㄦˊ子ㄗ˙突ㄊㄨˊ然ㄖㄢˊ想ㄒㄧㄤˇ到ㄉㄠˋ姜ㄐㄧㄤ子ㄗˇ牙ㄧㄚˊ曾ㄘㄥˊ經ㄐㄧㄥ留ㄌㄧㄡˊ了ㄌㄜ˙一ㄧˋ張ㄓㄤ符ㄈㄨˊ給ㄍㄟˇ比ㄅㄧˇ干ㄍㄢ，便ㄅㄧㄢˋ趕ㄍㄢˇ緊ㄐㄧㄣˇ找ㄓㄠˇ了ㄌㄜ˙出ㄔㄨ來ㄌㄞˊ。

信ㄒㄧㄣˋ中ㄓㄨㄥ，姜ㄐㄧㄤ子ㄗˇ牙ㄧㄚˊ算ㄙㄨㄢˋ出ㄔㄨ比ㄅㄧˇ干ㄍㄢ的ㄉㄜˊ遭ㄗㄠ遇ㄩˋ，要ㄧㄠˋ比ㄅㄧˇ干ㄍㄢ將ㄐㄧㄤ符ㄈㄨˊ燒ㄕㄠ成ㄔㄥˊ灰ㄏㄨㄟ喝ㄏㄜ下ㄒㄧㄚˋ，遇ㄩˋ難ㄋㄢˋ後ㄏㄡˋ一ㄧˋ直ㄓˊ向ㄒㄧㄤˋ北ㄅㄟˇ走ㄗㄡˇ就ㄐㄧㄡˋ有ㄧㄡˇ可ㄎㄜˇ能ㄋㄥˊ活ㄏㄨㄛˊ命ㄇㄧㄥˋ。

比干來到鹿台，斥責紂王昏庸殘暴，被妖精蠱惑，無故挖人心肝。紂王大怒，下令即刻挖出比干的心。

劊子手切開比干的胸膛，挖出他的心臟。比干全程沒有流一滴血，反而臉上散發著金色的光芒。心臟被挖出後，他彷彿什麼都沒發生一樣，轉身走下鹿台，步出宮殿。

他對殿外黃飛虎和各官員的詢問一言不發，自顧自地走出宮門騎上馬，一路向北奔馳。黃飛虎不放心，派黃明和周紀暗自跟隨比干。

比干來到大街上，遇到一名賣無心菜的婦人。比干想起姜子牙在信中寫著，要他問婦人一個問題，他便在婦人的菜攤前停了下來。

比干向婦人提了一個問題，婦人想都沒想就說出答案。比干聽到後慘叫一聲，當場氣絕，胸腔內噴灑的鮮血染紅了大片土地。之後，黃飛虎等人將比干的棺木停於北門，安撫招魂。

紂王命人用比干的心熬了一碗湯。妲己喝了之後，果然病情好轉。兩名妖精暗自得意了許久。

商朝忠良一個個被殘害，朝中大臣人人自危。大將黃飛虎
無意間得罪了妲己，妲己會放過他嗎？他的命運又是如何呢？

> 大王，我侍奉了三朝
> 大王，從來沒有人像
> 你這麼殘暴！

> 太師息怒，
> 有話好說！

　　比干的棺木停在北門後，　朝中不少大臣都前去送葬。　此時聞太師打勝仗返回朝歌遇到送葬隊伍。　他這才知道，　紂王做了多少荒唐事。

> 聽說費仲
> 和尤渾進
> 監獄啦！

> 太好啦！

　　聞太師的武力和法力都很高強，　紂王有些忌憚，　因此不敢明目張膽地為所欲為。　聞太師把費仲和尤渾兩名奸臣關進大牢，　朝臣們紛紛叫好。

但是好景不長，東海平靈王叛亂，紂王再次派聞太師出兵平叛。

聞太師剛走，紂王馬上放出費仲和尤渾，並與妲己在牡丹園大擺宴席，邀請文武百官飲酒作樂。誰知道妲己喝醉了，竟然現出原形。

黃飛虎與狐狸精打起來，眼見狐狸精很難對付，慌忙地要屬下放出北海金眼神鷹。這隻神鷹雙眼如炬，腳似金鉤，一下子就抓傷了狐狸精，讓牠慌忙從太湖石邊逃跑了。

紂王命令士兵們趕緊追，狐狸精大叫一聲，鑽進太湖石下，紂王便吩咐眾人開挖。只見下面白骨成堆，不知這妖精吃了多少人啊！大家都很害怕。尋不著狐狸的蹤影，士兵們只好向紂王覆命。紂王聽後感覺脊背發涼，可怕極了。

紂王驚魂未定，趕緊去探望妲己。只見她的臉上多出三條血痕，紂王很是心疼。紂王告訴妲己，酒宴上多虧黃飛虎和他的神鷹趕走了狐狸精，不然他們都得沒命。

紂王和妲己在摘星樓尋歡作樂之際，文王與姜子牙對北伯侯崇侯虎發起總攻。之前崇侯虎藉由修建鹿台的名義，大肆搜括民脂民膏，百姓怨聲載道。文王替天行道，將崇侯虎一一派全部誅殺。

一轉眼文王已經九十七歲了。因為病情加重，他知道自己將不久於人世，便將王位傳給兒子姬發。姬發即位為「周武王」。

商朝大臣姚中得知崇侯虎被滅、周武王登基，趕緊向紂王報信。但紂王根本不覺得周武王有威脅性。

　　轉眼間新年到了。 官員們的女眷照例要到宮中向皇后請安。 妲己得知賈夫人就是黃飛虎的妻子時， 想到黃飛虎使喚飛鷹抓傷自己的臉， 決心用計報復他的妻子。

　　妲己裝作和賈夫人一見如故， 非要帶她去摘星樓小酌。 在商朝， 大王不能與臣子的妻子相見。 賈夫人不知是計， 來到了摘星樓。

　　紂$_{ㄓㄡˋ}$王$_{ㄨㄤˊ}$見$_{ㄐㄧㄢˋ}$賈$_{ㄐㄧㄚˇ}$夫$_{ㄈㄨ}$人$_{ㄖㄣˊ}$美$_{ㄇㄟˇ}$若$_{ㄖㄨㄛˋ}$天$_{ㄊㄧㄢ}$仙$_{ㄒㄧㄢ}$，　非$_{ㄈㄟ}$要$_{ㄧㄠˋ}$與$_{ㄩˇ}$她$_{ㄊㄚ}$喝$_{ㄏㄜ}$酒$_{ㄐㄧㄡˇ}$。　賈$_{ㄐㄧㄚˇ}$夫$_{ㄈㄨ}$人$_{ㄖㄣˊ}$這$_{ㄓㄜˋ}$才$_{ㄘㄞˊ}$知$_{ㄓ}$道$_{ㄉㄠˋ}$自$_{ㄗˋ}$己$_{ㄐㄧˇ}$中$_{ㄓㄨㄥˋ}$了$_{ㄌㄜ}$妲$_{ㄉㄚˊ}$己$_{ㄐㄧˇ}$的$_{ㄉㄜ}$奸$_{ㄐㄧㄢ}$計$_{ㄐㄧˋ}$，　心$_{ㄒㄧㄣ}$中$_{ㄓㄨㄥ}$既$_{ㄐㄧˋ}$羞$_{ㄒㄧㄡ}$愧$_{ㄎㄨㄟˋ}$又$_{ㄧㄡˋ}$憤$_{ㄈㄣˋ}$恨$_{ㄏㄣˋ}$，　怒$_{ㄋㄨˋ}$罵$_{ㄇㄚˋ}$紂$_{ㄓㄡˋ}$王$_{ㄨㄤˊ}$後$_{ㄏㄡˋ}$便$_{ㄅㄧㄢˋ}$跳$_{ㄊㄧㄠˋ}$下$_{ㄒㄧㄚˋ}$摘$_{ㄓㄞ}$星$_{ㄒㄧㄥ}$樓$_{ㄌㄡˊ}$。

　　黃$_{ㄏㄨㄤˊ}$飛$_{ㄈㄟ}$虎$_{ㄏㄨˇ}$的$_{ㄉㄜ}$妹$_{ㄇㄟˋ}$妹$_{ㄇㄟ}$黃$_{ㄏㄨㄤˊ}$妃$_{ㄈㄟ}$是$_{ㄕˋ}$紂$_{ㄓㄡˋ}$王$_{ㄨㄤˊ}$的$_{ㄉㄜ}$妃$_{ㄈㄟ}$子$_{ㄗˇ}$，　每$_{ㄇㄟˇ}$年$_{ㄋㄧㄢˊ}$只$_{ㄓˇ}$有$_{ㄧㄡˇ}$這$_{ㄓㄜˋ}$一$_{ㄧ}$天$_{ㄊㄧㄢ}$她$_{ㄊㄚ}$才$_{ㄘㄞˊ}$能$_{ㄋㄥˊ}$與$_{ㄩˇ}$嫂$_{ㄙㄠˇ}$子$_{ㄗˇ}$賈$_{ㄐㄧㄚˇ}$夫$_{ㄈㄨ}$人$_{ㄖㄣˊ}$相$_{ㄒㄧㄤ}$聚$_{ㄐㄩˋ}$，　偏$_{ㄆㄧㄢ}$偏$_{ㄆㄧㄢ}$左$_{ㄗㄨㄛˇ}$等$_{ㄉㄥˇ}$右$_{ㄧㄡˋ}$等$_{ㄉㄥˇ}$都$_{ㄉㄡ}$不$_{ㄅㄨˋ}$見$_{ㄐㄧㄢˋ}$賈$_{ㄐㄧㄚˇ}$夫$_{ㄈㄨ}$人$_{ㄖㄣˊ}$的$_{ㄉㄜ}$身$_{ㄕㄣ}$影$_{ㄧㄥˇ}$。　正$_{ㄓㄥˋ}$在$_{ㄗㄞˋ}$焦$_{ㄐㄧㄠ}$急$_{ㄐㄧˊ}$之$_{ㄓ}$際$_{ㄐㄧˋ}$，　宮$_{ㄍㄨㄥ}$女$_{ㄋㄩˇ}$慌$_{ㄏㄨㄤ}$忙$_{ㄇㄤˊ}$跑$_{ㄆㄠˇ}$來$_{ㄌㄞˊ}$告$_{ㄍㄠˋ}$訴$_{ㄙㄨˋ}$黃$_{ㄏㄨㄤˊ}$妃$_{ㄈㄟ}$大$_{ㄉㄚˋ}$事$_{ㄕˋ}$不$_{ㄅㄨˋ}$好$_{ㄏㄠˇ}$。

　　黃飛妃立即趕往摘星樓與紂王和妲己理論，一氣之下與妲己扭打在一起，還誤打了紂王一巴掌。紂王惱羞成怒，一把將黃飛妃提起扔下摘星樓。

　　黃飛虎正在和家人們歡聚，僕人慌忙跑進廳堂，哭訴夫人和黃妃的遭遇。黃飛虎無法接受妻子和妹妹慘死的消息，呆在原地無法動彈。三名未成年的孩子聽聞母親遇害，頓時哇哇大哭。

黃飛虎到摘星樓下找到妻子和妹妹的屍體，再將她們厚葬。痛苦的黃飛虎整日喝得酩酊大醉，以此排解心中的苦悶。將士們看了十分心疼。

手下四位大將勸說黃飛虎投奔西岐的周武王，為妻子和妹妹報仇。黃飛虎和大將們爭論後才下了決心，與將士及兩個弟弟偷偷收拾行囊，離開朝歌，投奔周武王。

12. 鬧翻大海的娃娃回來了

黃飛虎帶領眾將士逃往西岐。路上遇到重重難關的他們，能順利抵達目的地，加入武王伐紂的行列嗎？

> 賈夫人和黃妃死了！

> 賈夫人和黃妃意外過世，黃飛虎想不開就造反了。

聽說武成王黃飛虎造反了，朝臣們都不明所以，但也不敢問紂王。

> 黃飛虎敢造反？我來抓他！

> 唉，都沒時間喘口氣呢！

聞太師打勝仗回到朝歌，聽說黃飛虎造反，面見紂王得知詳情後，連盔甲都沒卸下來，就騎著他的墨麒麟轉身去征討黃飛虎。

黃飛虎眾人跑到澠池縣後被包圍了：後面是緊追不捨的聞太師，左邊是青龍關的張桂芳，右邊是佳夢關的魔家四將，前面則是澠池縣主將張奎，臨潼關總兵張鳳更在中間等候。這下黃飛虎插翅難飛了。

正當眾人決議赴死，忽見一位黃巾力士從天而降。原來，他是道德真君派來幫助黃飛虎的。黃巾力士用混元幡罩住將士們，把他們帶到一座深山避難。

道德真君取出葫蘆，向聞太師率兵方向撒去神沙，沙子一落地竟變成黃飛虎一行人。聞太師也學過道術，算定黃飛虎到西岐得先過五關，而關關有人把守，他一定去不成。於是，他也不管真假去追「沙人黃飛虎」了。

聞太師走後，黃飛虎等人來到第一關——臨潼關，拜見守關將領張鳳。他表面上對黃飛虎很客氣，暗中卻安排屬下蕭銀刺殺黃飛虎。蕭銀感念黃將軍過去對自己的恩情，不僅殺了張鳳，還開關送走黃飛虎。

黃飛虎來到第二關——潼關，守關將領陳桐假裝逃跑，黃飛虎騎著五色神牛去追，卻被陳桐的火龍標射中，就這麼死了。

弟弟黃飛彪把哥哥的屍體帶回營中，士兵們哭成一片。這時，一名小道童救活了黃飛虎。原來他是黃飛虎以前走丟的兒子，名叫「黃

天化」，奉師父道德真君之命來救父親。

　　黃飛虎一行人來到第三關——穿雲關，守將陳梧是陳桐的哥哥，他假裝熱情地款待黃飛虎和士兵們。夜半時分一陣風刮來，賈夫人的魂魄顯現，催促黃飛虎趕緊離開。

　　黃飛虎帶著士兵們衝出穿雲關，來到第四關——界牌關，守將是黃飛虎的父親黃滾。在黃明和周紀等人的

勸說下，黃滾跟著兒子一起叛商，趕赴西岐。

　　黃飛虎帶著將士們浩浩蕩蕩來到第五關——氾水關。五次激戰中，守將余化使用蓬萊島得到的法器「戮魂幡」，於是黃飛虎和眾將領在一陣黑風中被捲進囚車。

余☞化⎛押⎝著⎝黃⎝飛⎛虎⎛、 黃⎝滾⎝等⎝人⎝趕⎝往⎝朝⎝歌⎝， 要⎝向⎛紂⎝王⎝邀⎝功⎝請⎝賞⎝。 行⎝至⎝穿⎝雲⎝關⎝時⎛， 腳⎝踩⎝風⎝火⎝輪⎝的⎝小⎛孩⎝攔⎝住⎝了⎝他⎝們⎝的⎝去⎝路⎝。

余⎛化⎛生⎛氣⎛了⎝， 跟⎝哪⎝吒⎝打⎝了⎝起⎝來⎝。 余⎛化⎛騎⎛著⎝火⎝眼⎝金⎛睛⎛獸⎝快⎝速⎝出⎝擊⎛， 但⎝哪⎝吒⎝有⎝金⎛蓮⎝護⎝體⎛， 余⎛化⎛怎⎝麼⎝也⎝打⎝不⎝到⎝他⎝。 這⎝時⎛余⎛化⎛拿⎝出⎝ 「戮⎝魂⎝幡⎝」 放⎝出⎝黑⎛風⎛， 哪⎝吒⎝取⎝出⎝小⎛豹⎝皮⎝口⎝袋⎝全⎛數⎝吸⎛進⎝。

　　余化打不過哪吒，便想殺了黃飛虎一走了之。哪吒察覺到他的意圖，用大金磚砸得余化七竅流血，士兵們四散奔逃。

　　哪吒救出黃飛虎等人就走了。黃飛虎等人順利抵達西岐，姜子牙出城迎接，帶領他面見武王。武王封黃飛虎為「開國武成王」，也為他建造王府。

13. 大家一起來幫忙

得知黃飛虎投靠西岐，紂王勃然大怒，出兵討伐西岐。聞太師在朝歌派兵點將，西周將士們也紛紛登場。西岐保衛戰就此拉開序幕……

> 螳螂捕蟬，黃雀在後！

> 快投降吧！才有機會獲得緩刑！

　　黃飛虎抵達西岐的消息傳到朝歌，聞太師派晁田和晁雷去打探。兄弟倆用計抓住黃飛虎，卻在回朝歌的路上被周將辛甲、辛免攔住。原來，姜子牙早就算出了這一步。

> 你們跟聞太師說，總兵韓榮不發軍糧，請他給你們一些。

> 親人都住在朝歌，不敢叛變啊！

> 我們帶著糧草和家眷投靠西岐去。

> 中了姜子牙的計，氣死我了！

　　晁家兄弟並非絕對效忠聞太師，只是家人都在朝歌，所以不敢叛變。姜子牙替他們出主意。晁雷回去後不僅帶出家眷，還騙了不少軍糧。

哪有那麼邪門，我才不信！

唉！

張桂芳的必殺技是叫人名。作戰時他問了姓名，叫誰下馬誰就落馬。

聞太師奏准紂王，派青龍關總兵張桂芳領兵十萬攻打西岐。姜子牙得到消息後，向黃飛虎詢問張桂芳怎麼用兵。黃飛虎如實稟報，姜子牙聽後面露憂色。

別跑！

大珠子打他的頭！

第二天，張桂芳派風林為先鋒，文王的第十二子姬叔乾迎戰。姬叔乾刺傷風林大腿，風林騎馬逃跑，姬叔乾緊追其後。誰知，風林口中念念有詞，回頭一張嘴，吐出一道黑煙。

黑煙中有粒碗口大的紅珠子，一下子打在姬叔乾的頭上，導致他當場斃命。

第二天，張桂芳喊話，姜子牙和黃飛虎等人一起迎戰。黃飛虎騎著五色神牛與張桂芳大戰十幾回合，張桂芳使出必殺技——叫人名，黃飛虎從牛背上摔了下來。

黃飛彪、黃飛豹見情勢轉壞，跨馬前去救回黃飛虎，讓周紀迎戰張桂芳。這時張桂芳叫出周紀的名字，他就摔馬被抓了。

與此同時，風林與南宮适交戰。風林假裝逃走，南宮适往前追時被珠子打中，就被抓了。

　　姜ㄐㄧㄤ子ㄗˇ牙ㄧㄚˊ一ㄧ下ㄒㄧㄚˋ子ㄗ˙損ㄙㄨㄣˇ失ㄕ了ㄌㄜ˙周ㄓㄡ紀ㄐㄧˋ和ㄏㄜˊ南ㄋㄢˊ宮ㄍㄨㄥ适ㄎㄨㄛˋ兩ㄌㄧㄤˇ員ㄩㄢˊ大ㄉㄚˋ將ㄐㄧㄤˋ，只ㄓˇ好ㄏㄠˇ掛ㄍㄨㄚˋ出ㄔㄨ免ㄇㄧㄢˇ戰ㄓㄢˋ牌ㄆㄞˊ，暫ㄓㄢˋ時ㄕˊ回ㄏㄨㄟˊ城ㄔㄥˊ停ㄊㄧㄥˊ止ㄓˇ作ㄗㄨㄛˋ戰ㄓㄢˋ。乾ㄑㄧㄢˊ元ㄩㄢˊ山ㄕㄢ的ㄉㄜ˙太ㄊㄞˋ乙ㄧˇ真ㄓㄣ人ㄖㄣˊ掐ㄑㄧㄚ指ㄓˇ一ㄧ算ㄙㄨㄢˋ，得ㄉㄜˊ知ㄓ姜ㄐㄧㄤ子ㄗˇ牙ㄧㄚˊ面ㄇㄧㄢˋ臨ㄌㄧㄣˊ困ㄎㄨㄣˋ境ㄐㄧㄥˋ，便ㄅㄧㄢˋ命ㄇㄧㄥˋ令ㄌㄧㄥˋ哪ㄋㄜˊ吒ㄓㄚ火ㄏㄨㄛˇ速ㄙㄨˋ前ㄑㄧㄢˊ往ㄨㄤˇ支ㄓ援ㄩㄢˋ。

　　姜ㄐㄧㄤ子ㄗˇ牙ㄧㄚˊ見ㄐㄧㄢˋ哪ㄋㄜˊ吒ㄓㄚ來ㄌㄞˊ相ㄒㄧㄤ助ㄓㄨˋ，急ㄐㄧˊ忙ㄇㄤˊ摘ㄓㄞ下ㄒㄧㄚˋ免ㄇㄧㄢˇ戰ㄓㄢˋ牌ㄆㄞˊ。風ㄈㄥ林ㄌㄧㄣˊ見ㄐㄧㄢˋ狀ㄓㄨㄤˋ帶ㄉㄞˋ兵ㄅㄧㄥ來ㄌㄞˊ戰ㄓㄢˋ，哪ㄋㄜˊ吒ㄓㄚ迎ㄧㄥˊ戰ㄓㄢˋ。風ㄈㄥ林ㄌㄧㄣˊ故ㄍㄨˋ技ㄐㄧˋ重ㄔㄨㄥˊ施ㄕ，但ㄉㄢˋ哪ㄋㄜˊ吒ㄓㄚ用ㄩㄥˋ手ㄕㄡˇ一ㄧ指ㄓˇ，黑ㄏㄟ煙ㄧㄢ和ㄏㄜˊ紅ㄏㄨㄥˊ珠ㄓㄨ頓ㄉㄨㄣˋ時ㄕˊ就ㄐㄧㄡˋ消ㄒㄧㄠ失ㄕ了ㄌㄜ˙。哪ㄋㄜˊ吒ㄓㄚ的ㄉㄜ˙乾ㄑㄧㄢˊ坤ㄎㄨㄣ圈ㄑㄩㄢ打ㄉㄚˇ中ㄓㄨㄥˋ風ㄈㄥ林ㄌㄧㄣˊ，風ㄈㄥ林ㄌㄧㄣˊ戰ㄓㄢˋ敗ㄅㄞˋ。

　　張ㄓㄤ桂ㄍㄨㄟˋ芳ㄈㄤ提ㄊㄧˊ槍ㄑㄧㄤ上ㄕㄤˋ馬ㄇㄚˇ。哪ㄋㄜˊ吒ㄓㄚ的ㄉㄜ˙火ㄏㄨㄛˇ尖ㄐㄧㄢ槍ㄑㄧㄤ舞ㄨˇ得ㄉㄜ˙如ㄖㄨˊ電ㄉㄧㄢˋ閃ㄕㄢˇ雷ㄌㄟˊ鳴ㄇㄧㄥˊ，張ㄓㄤ桂ㄍㄨㄟˋ芳ㄈㄤ不ㄅㄨˋ敵ㄉㄧˊ便ㄅㄧㄢˋ使ㄕˇ出ㄔㄨ必ㄅㄧˋ殺ㄕㄚ技ㄐㄧˋ。哪ㄋㄜˊ吒ㄓㄚ一ㄧ驚ㄐㄧㄥ，兩ㄌㄧㄤˇ腳ㄐㄧㄠˇ還ㄏㄞˊ是ㄕˋ牢ㄌㄠˊ牢ㄌㄠˊ踩ㄘㄞˇ在ㄗㄞˋ乾ㄑㄧㄢˊ坤ㄎㄨㄣ圈ㄑㄩㄢ上ㄕㄤˋ，沒ㄇㄟˊ有ㄧㄡˇ掉ㄉㄧㄠˋ下ㄒㄧㄚˋ來ㄌㄞˊ。

　　張桂芳氣急敗壞地連叫三次，眼見次次無效，只好硬著頭皮反擊。哪吒看準時機，放出乾坤圈打在張桂芳的手臂上，讓他落荒而逃。

　　姜子牙擔心朝歌會調動人馬攻打西岐，便回到崑崙向師父元始天尊求助。元始天尊給姜子牙一張「封神榜」，要他建封神台、貼封神榜。

　　元始天尊囑咐姜子牙，一路上有人叫他，千萬不能回應，絕對不要錯過在東海邊等他的人。姜子牙一一記下，拜別師父

後來到麒麟崖。姜子牙剛想土遁而走，就聽見身後有人叫他。還好，他沒有回應。

回去的路上，姜子牙遇到師弟申公豹。申公豹想要扶紂滅周，姜子牙卻要保周滅紂，兩人誰也無法說服對方。

只見申公豹割下頭在空中甩，要接回去的時候，一隻仙鶴一口咬住申公豹的頭顱往南海飛去。南極仙翁趕到，揭穿申公豹的詭計。在姜子牙的請求下，白鶴把頭還給申公豹。忙中卻出錯，申公豹把頭接歪了。

姜子牙土遁來到東海邊救出軒轅帝的總兵柏鑑。姜子牙帶他到西岐山，命他修建封神台，自己則回到西岐。

接到消息的聞太師派四人助陣張桂芳：騎狴犴的王魔、騎猴猊的楊森、騎花斑豹的高友乾，以及騎猙獰的李興霸。除了王魔樣貌勉強能看，其他三人不是藍臉就是綠臉，面目猙獰。他們與張桂芳會合後，制定了作戰計畫。

姜子牙一行人哪敵得過這四隻妖魔鬼怪，便假借投降名義再次向師父求助。這次元始天尊給他神獸四不像、一條打神鞭、一面杏黃旗。返程路上，姜子牙還收服了龍鬚虎。

　　四隻妖怪和張桂芳在營中等了八天，沒見到姜子牙的人影，就帶兵殺到城下。姜子牙帶龍鬚虎、哪吒、武成王，騎著四不像出城，開始一場混戰。哪吒迎戰王魔，被楊森的開天珠打下風火輪。黃飛虎救了哪吒，卻也遭到開天珠攻擊，摔下五色神牛。

龍鬚虎攻打王魔，高友乾取出混元寶珠打在牠的脖子上。

　　王魔、楊森左右開弓對付姜子牙，害他冷不防被劈地珠打中前心，急忙騎著四不像騰空而起。王魔騎著狴犴緊追不捨，還用開天珠打中姜子牙的後心，摔下坐騎後滾下山坡。

82

姜ㄐㄧㄤ子ㄗˇ牙ㄧㄚˊ昏ㄏㄨㄣ死ㄙˇ過ㄍㄨㄛˋ去ㄑㄩˋ，王ㄨㄤˊ魔ㄇㄛˊ正ㄓㄥˋ要ㄧㄠˋ取ㄑㄩˇ其ㄑㄧˊ首ㄕㄡˇ級ㄐㄧˊ時ㄕˊ，突ㄊㄨˊ然ㄖㄢˊ看ㄎㄢˋ到ㄉㄠˋ文ㄨㄣˊ殊ㄕㄨ廣ㄍㄨㄤˇ法ㄈㄚˇ天ㄊㄧㄢ尊ㄗㄨㄣ與ㄩˇ徒ㄊㄨˊ弟ㄉㄧˋ金ㄐㄧㄣ吒ㄓㄚ從ㄘㄨㄥˊ半ㄅㄢˋ山ㄕㄢ腰ㄧㄠ過ㄍㄨㄛˋ來ㄌㄞˊ。王ㄨㄤˊ魔ㄇㄛˊ不ㄅㄨˋ聽ㄊㄧㄥ天ㄊㄧㄢ尊ㄗㄨㄣ勸ㄑㄩㄢˋ告ㄍㄠˋ，金ㄐㄧㄣ吒ㄓㄚ便ㄅㄧㄢˋ將ㄐㄧㄤ他ㄊㄚ斬ㄓㄢˇ首ㄕㄡˇ。這ㄓㄜˋ時ㄕˊ，一ㄧˋ道ㄉㄠˋ魂ㄏㄨㄣˊ魄ㄆㄛˋ飛ㄈㄟ往ㄨㄤˇ封ㄈㄥ神ㄕㄣˊ台ㄊㄞˊ。

得ㄉㄜˊ知ㄓ王ㄨㄤˊ魔ㄇㄛˊ已ㄧˇ死ㄙˇ，楊ㄧㄤˊ森ㄙㄣ、高ㄍㄠ友ㄧㄡˇ乾ㄑㄧㄢˊ、李ㄌㄧˇ興ㄒㄧㄥ霸ㄅㄚˋ率ㄕㄨㄞˋ兵ㄅㄧㄥ挑ㄊㄧㄠˇ戰ㄓㄢˋ。姜ㄐㄧㄤ子ㄗˇ牙ㄧㄚˊ帶ㄉㄞˋ領ㄌㄧㄥˇ金ㄐㄧㄣ吒ㄓㄚ、哪ㄋㄚˊ吒ㄓㄚ等ㄉㄥˇ人ㄖㄣˊ迎ㄧㄥˊ戰ㄓㄢˋ。姜ㄐㄧㄤ子ㄗˇ牙ㄧㄚˊ取ㄑㄩˇ出ㄔㄨ打ㄉㄚˇ神ㄕㄣˊ鞭ㄅㄧㄢ，與ㄩˇ眾ㄓㄨㄥˋ將ㄐㄧㄤ士ㄕˋ一ㄧˋ舉ㄐㄩˇ消ㄒㄧㄠ滅ㄇㄧㄝˋ兩ㄌㄧㄤˇ隻ㄓ妖ㄧㄠ怪ㄍㄨㄞˋ，他ㄊㄚ們ㄇㄣ的ㄉㄜ˙靈ㄌㄧㄥˊ魂ㄏㄨㄣˊ也ㄧㄝˇ都ㄉㄡ飛ㄈㄟ到ㄉㄠˋ封ㄈㄥ神ㄕㄣˊ台ㄊㄞˊ去ㄑㄩˋ了ㄌㄜ˙。

李ㄌㄧˇ興ㄒㄧㄥ霸ㄅㄚˋ見ㄐㄧㄢˋ情ㄑㄧㄥˊ勢ㄕˋ不ㄅㄨˋ妙ㄇㄧㄠˋ趕ㄍㄢˇ緊ㄐㄧㄣˇ逃ㄊㄠˊ跑ㄆㄠˇ，氣ㄑㄧˋ喘ㄔㄨㄢˇ吁ㄒㄩ吁ㄒㄩ地ㄉㄧˋ跑ㄆㄠˇ到ㄉㄠˋ一ㄧˋ棵ㄎㄜ松ㄙㄨㄥ樹ㄕㄨˋ下ㄒㄧㄚˋ，一ㄧˋ屁ㄆㄧˋ股ㄍㄨˇ坐ㄗㄨㄛˋ在ㄗㄞˋ地ㄉㄧˋ上ㄕㄤˋ休ㄒㄧㄡ息ㄒㄧˊ，遇ㄩˋ上ㄕㄤˋ正ㄓㄥˋ巧ㄑㄧㄠˇ走ㄗㄡˇ來ㄌㄞˊ的ㄉㄜ˙木ㄇㄨˋ吒ㄓㄚ，便ㄅㄧㄢˋ被ㄅㄟˋ殺ㄕㄚ了ㄌㄜ˙。與ㄩˇ此ㄘˇ同ㄊㄨㄥˊ時ㄕˊ，張ㄓㄤ桂ㄍㄨㄟˋ芳ㄈㄤ自ㄗˋ知ㄓ逃ㄊㄠˊ不ㄅㄨˋ了ㄌㄧㄠˇ，也ㄧㄝˇ自ㄗˋ殺ㄕㄚ身ㄕㄣ亡ㄨㄤˊ。他ㄊㄚ們ㄇㄣ倆ㄌㄧㄤˇ的ㄉㄜ˙靈ㄌㄧㄥˊ魂ㄏㄨㄣˊ一ㄧˊ樣ㄧㄤˋ飛ㄈㄟ到ㄉㄠˋ了ㄌㄜ˙封ㄈㄥ神ㄕㄣˊ台ㄊㄞˊ。

聞太師聽聞戰敗的消息， 與眾將士召開緊急
會議。 聞太師認為魯雄有大將之才， 便派他和費
仲、 尤渾共同出兵。 魯雄帶領五萬大軍到西岐山
的樹林裡安營紮寨。

姜子牙派南宮适和武吉帶五千人到西岐山頂
安營紮寨阻敵。 天氣炎熱， 人人叫苦。 姜子牙命
令武吉在營後建個土台， 並發棉襖和斗笠給士兵
們， 大家都莫名其妙。

只見姜子牙登上土台， 披髮執劍， 開始作
法。 瞬間狂風大作， 風雪襲來， 紂兵冷得瑟瑟發
抖， 凍死、 凍傷無數。

84

雪下了了四、五尺深之後，姜子牙再次作法使天氣變熱。雪瞬間化成水，向山下流去。紂兵被大水沖得東倒西歪，更有許多人因此淹死。姜子牙發動總攻擊，抓三位將領上山斬了。

得知出兵再次失敗的聞太師派出佳夢關的魔家四將——魔禮青、魔禮紅、魔禮海和魔禮壽，帶著法器來到西岐。

哪吒和木吒等人前去迎戰，沒想到法器全被魔禮紅的混元傘收走了。周軍損失慘重，姜子牙連忙休戰。但魔家四將並不就此停手，他們引來海水，打算淹掉西岐。姜子牙趕緊向崑崙山下拜，借來元始天尊的三光神水浮於海水之上，好保護眾人。

紂兵把西岐團團圍住，兩個月後存糧就不夠了。正當姜子牙憂愁不已時，金庭山玉屋洞的兩名童子送來糧食。道童拿出一個碗對準糧倉倒糧。不到兩個鐘頭，存糧就滿到流了出來。

過了一會兒，名叫楊戩的人奉命來幫忙，並和哪吒摘下免戰牌出戰。但是他們沒想到魔禮壽的花狐貂竟然會吃人。魔家四兄弟決定派花狐貂去吃掉姜子牙。

會七十二變的楊戩哪會那麼容易就陣亡。他在花狐貂的肚子裡找到牠的心臟，一捏就殺死牠了。楊戩偷得魔家兄弟的一樣兵器帶回西岐，再變成花狐貂的樣子回到魔禮壽身邊。此時，黃天化也來幫忙，跟楊戩一起打敗魔家四兄弟。

14. 太師不明事理

商軍屢戰屢敗，聞太師不得不親自上陣。
途中，他收服了會飛的辛環、善於用兵的鄧忠
等人。聞太師的三十萬大軍能戰勝姜子牙嗎？

聽說魔家四將戰敗，聞太師奏准紂王讓他親自出兵。鄧忠、辛環、張節、陶榮四員大將和三十萬人馬出發。大軍路過絕龍嶺，聞太師心裡犯嘀咕。

師父說我碰上「絕」字就會倒大霉！

太迷信了吧！

姜子牙，你擁立武王，私藏黃飛虎，罪不可恕！

跟紂王和你的罪行比起來，簡直是小巫見大巫！

大軍在西岐南門紮營，送上戰書，並勸敵人投降。姜子牙當然不會照做，雙方便約定三天後對戰。

聞太師好強啊！

雙方激烈對戰，但姜子牙這邊沒占到什麼便宜，不少大將都受了點傷，只好收兵退回城內。

87

　　只ⱬ有ⱬ楊ⱬ戩ⱬ充ⱬ滿ⱬ信ⱬ心ⱬ，　他ⱬ認ⱬ為ⱬ休ⱬ戰ⱬ一ⱬ、　兩ⱬ天ⱬ肯ⱬ定ⱬ得ⱬ勝ⱬ。　過ⱬ了ⱬ兩ⱬ天ⱬ，　雙ⱬ方ⱬ再ⱬ次ⱬ列ⱬ陣ⱬ，　連ⱬ話ⱬ都ⱬ沒ⱬ說ⱬ就ⱬ開ⱬ戰ⱬ。　最ⱬ後ⱬ，　姜ⱬ子ⱬ牙ⱬ用ⱬ打ⱬ神ⱬ鞭ⱬ打ⱬ斷ⱬ了ⱬ聞ⱬ太ⱬ師ⱬ的ⱬ鞭ⱬ子ⱬ，　聞ⱬ太ⱬ師ⱬ趕ⱬ緊ⱬ土ⱬ遁ⱬ逃ⱬ走ⱬ。　商ⱬ兵ⱬ被ⱬ打ⱬ得ⱬ落ⱬ花ⱬ流ⱬ水ⱬ，　四ⱬ散ⱬ奔ⱬ逃ⱬ。

　　聞ⱬ太ⱬ師ⱬ戰ⱬ敗ⱬ，　心ⱬ有ⱬ不ⱬ甘ⱬ，　便ⱬ到ⱬ東ⱬ海ⱬ金ⱬ鼇ⱬ島ⱬ請ⱬ十ⱬ位ⱬ高ⱬ人ⱬ幫ⱬ忙ⱬ。　他ⱬ們ⱬ早ⱬ就ⱬ接ⱬ受ⱬ了ⱬ申ⱬ公ⱬ豹ⱬ的ⱬ邀ⱬ請ⱬ，　欣ⱬ然ⱬ與ⱬ聞ⱬ太ⱬ師ⱬ一ⱬ起ⱬ來ⱬ到ⱬ西ⱬ岐ⱬ城ⱬ外ⱬ。　道ⱬ士ⱬ們ⱬ作ⱬ戰ⱬ講ⱬ究ⱬ排ⱬ兵ⱬ布ⱬ陣ⱬ，　光ⱬ看ⱬ就ⱬ頭ⱬ暈ⱬ啦ⱬ！

姜ㄐ一ㄤ子ㄗˇ牙ㄧㄚˊ也ㄧㄝˇ是ㄕˋ修ㄒㄧㄡ道ㄉㄠˋ之ㄓ人ㄖㄣˊ，觀ㄍㄨㄢ察ㄔㄚˊ陣ㄓㄣˋ法ㄈㄚˇ和ㄏㄜˊ研ㄧㄢˊ究ㄐㄧㄡˋ兵ㄅㄧㄥ書ㄕㄨ，就ㄐㄧㄡˋ是ㄕˋ為ㄨㄟˋ了ㄌㄜ找ㄓㄠˇ到ㄉㄠˋ破ㄆㄛˋ解ㄐㄧㄝˇ方ㄈㄤ法ㄈㄚˇ。卻ㄑㄩㄝˋ有ㄧㄡˇ一ㄧ名ㄇㄧㄥˊ道ㄉㄠˋ士ㄕˋ暗ㄢˋ施ㄕ法ㄈㄚˇ術ㄕㄨˋ收ㄕㄡ走ㄗㄡˇ姜ㄐㄧㄤ子ㄗˇ牙ㄧㄚˊ的ㄉㄜ二ㄦˋ魂ㄏㄨㄣˊ六ㄌㄧㄡˋ魄ㄆㄛˋ，害ㄏㄞˋ死ㄙˇ了ㄌㄜ他ㄊㄚ。

姜ㄐㄧㄤ子ㄗˇ牙ㄧㄚˊ的ㄉㄜ最ㄗㄨㄟˋ後ㄏㄡˋ一ㄧ魂ㄏㄨㄣˊ一ㄧ魄ㄆㄛˋ飄ㄆㄧㄠ到ㄉㄠˋ崑ㄎㄨㄣ崙ㄌㄨㄣˊ山ㄕㄢ，正ㄓㄥˋ巧ㄑㄧㄠˇ遇ㄩˋ上ㄕㄤˋ南ㄋㄢˊ極ㄐㄧˊ仙ㄒㄧㄢ翁ㄨㄥ。二ㄦˋ話ㄏㄨㄚˋ不ㄅㄨˋ說ㄕㄨㄛ，急ㄐㄧˊ忙ㄇㄤˊ抓ㄓㄨㄚ住ㄓㄨˋ姜ㄐㄧㄤ子ㄗˇ牙ㄧㄚˊ的ㄉㄜ魂ㄏㄨㄣˊ魄ㄆㄛˋ，塞ㄙㄞ到ㄉㄠˋ寶ㄅㄠˇ葫ㄏㄨˊ蘆ㄌㄨˊ裡ㄌㄧˇ。南ㄋㄢˊ極ㄐㄧˊ仙ㄒㄧㄢ翁ㄨㄥ讓ㄖㄤˋ赤ㄔˋ精ㄐㄧㄥ子ㄗˇ帶ㄉㄞˋ著ㄓㄜ寶ㄅㄠˇ葫ㄏㄨˊ蘆ㄌㄨˊ、腳ㄐㄧㄠˇ踩ㄘㄞˇ白ㄅㄞˊ蓮ㄌㄧㄢˊ花ㄏㄨㄚ，衝ㄔㄨㄥ到ㄉㄠˋ落ㄌㄨㄛˋ魂ㄏㄨㄣˊ陣ㄓㄣˋ內ㄋㄟˋ搶ㄑㄧㄤˇ收ㄕㄡ魂ㄏㄨㄣˊ的ㄉㄜ草ㄘㄠˇ人ㄖㄣˊ好ㄏㄠˇ救ㄐㄧㄡˋ回ㄏㄨㄟˊ姜ㄐㄧㄤ子ㄗˇ牙ㄧㄚˊ。

施ㄕ法ㄈㄚˇ的ㄉㄜ道ㄉㄠˋ士ㄕˋ發ㄈㄚ現ㄒㄧㄢˋ赤ㄔˋ精ㄐㄧㄥ子ㄗˇ，抓ㄓㄨㄚ住ㄓㄨˋ一ㄧ把ㄅㄚˇ黑ㄏㄟ沙ㄕㄚ撒ㄙㄚˇ向ㄒㄧㄤˋ四ㄙˋ周ㄓㄡ。還ㄏㄞˊ好ㄏㄠˇ赤ㄔˋ精ㄐㄧㄥ子ㄗˇ跑ㄆㄠˇ得ㄉㄜ夠ㄍㄡˋ快ㄎㄨㄞˋ，慌ㄏㄨㄤ忙ㄇㄤˊ中ㄓㄨㄥ逃ㄊㄠˊ了ㄌㄜ出ㄔㄨ來ㄌㄞˊ，卻ㄑㄩㄝˋ有ㄧㄡˇ兩ㄌㄧㄤˇ朵ㄉㄨㄛˇ蓮ㄌㄧㄢˊ花ㄏㄨㄚ掉ㄉㄧㄠˋ在ㄗㄞˋ陣ㄓㄣˋ內ㄋㄟˋ。他ㄊㄚ又ㄧㄡˋ趕ㄍㄢˇ緊ㄐㄧㄣˇ去ㄑㄩˋ向ㄒㄧㄤˋ太ㄊㄞˋ上ㄕㄤˋ老ㄌㄠˇ君ㄐㄩㄣ求ㄑㄧㄡˊ救ㄐㄧㄡˋ，獲ㄏㄨㄛˋ得ㄉㄜˊ一ㄧ張ㄓㄤ太ㄊㄞˋ極ㄐㄧˊ圖ㄊㄨˊ。

赤_ㄔ精_{ㄐㄥ}子_ㄗ帶_{ㄉㄞ}著_{ㄓㄜ}太_{ㄊㄞ}極_{ㄐㄧ}圖_{ㄊㄨ}衝_{ㄔㄨㄥ}進_{ㄐㄧㄣ}陣_{ㄓㄣ}中_{ㄓㄨㄥ}，奪_{ㄉㄨㄛ}回_{ㄏㄨㄟ}小_{ㄒㄧㄠ}草_{ㄘㄠ}人_{ㄖㄣ}，卻_{ㄑㄩㄝ}丟_{ㄉㄧㄡ}了_{ㄌㄜ}太_{ㄊㄞ}極_{ㄐㄧ}圖_{ㄊㄨ}。好_{ㄏㄠ}在_{ㄗㄞ}姜_{ㄐㄧㄤ}子_ㄗ牙_{ㄧㄚ}得_{ㄉㄜ}救_{ㄐㄧㄡ}了_{ㄌㄜ}。幾_{ㄐㄧ}天_{ㄊㄧㄢ}後_{ㄏㄡ}，姜_{ㄐㄧㄤ}子_ㄗ牙_{ㄧㄚ}

的_{ㄉㄜ}精_{ㄐㄥ}神_{ㄕㄣ}漸_{ㄐㄧㄢ}漸_{ㄐㄧㄢ}恢_{ㄏㄨㄟ}復_{ㄈㄨ}，就_{ㄐㄧㄡ}到_{ㄉㄠ}大_{ㄉㄚ}殿_{ㄉㄧㄢ}與_ㄩ眾_{ㄓㄨㄥ}人_{ㄖㄣ}商_{ㄕㄤ}量_{ㄌㄧㄤ}辦_{ㄅㄢ}法_{ㄈㄚ}。這_{ㄓㄜ}時_ㄕ許_{ㄒㄩ}多_{ㄉㄨㄛ}仙_{ㄒㄧㄢ}聖_{ㄕㄥ}和_{ㄏㄜ}道_{ㄉㄠ}士_ㄕ陸_{ㄌㄨ}續_{ㄒㄩ}來_{ㄌㄞ}相_{ㄒㄧㄤ}助_{ㄓㄨ}。

西_{ㄒㄧ}岐_{ㄑㄧ}一_ㄧ時_ㄕ聚_{ㄐㄩ}集_{ㄐㄧ}了_{ㄌㄜ}文_{ㄨㄣ}殊_{ㄕㄨ}廣_{ㄍㄨㄤ}法_{ㄈㄚ}天_{ㄊㄧㄢ}尊_{ㄗㄨㄣ}、太_{ㄊㄞ}乙_ㄧ真_{ㄓㄣ}人_{ㄖㄣ}、燃_{ㄖㄢ}燈_{ㄉㄥ}道_{ㄉㄠ}人_{ㄖㄣ}等_{ㄉㄥ}得_{ㄉㄜ}道_{ㄉㄠ}高_{ㄍㄠ}人_{ㄖㄣ}。他_{ㄊㄚ}們_{ㄇㄣ}齊_{ㄑㄧ}心_{ㄒㄧㄣ}協_{ㄒㄧㄝ}力_{ㄌㄧ}，兩_{ㄌㄧㄤ}天_{ㄊㄧㄢ}破_{ㄆㄛ}了_{ㄌㄜ}六_{ㄌㄧㄡ}個_{ㄍㄜ}陣_{ㄓㄣ}法_{ㄈㄚ}。聞_{ㄨㄣ}太_{ㄊㄞ}師_ㄕ眼_{ㄧㄢ}看_{ㄎㄢ}陣_{ㄓㄣ}法_{ㄈㄚ}所_{ㄙㄨㄛ}剩_{ㄕㄥ}無_ㄨ幾_{ㄐㄧ}，趕_{ㄍㄢ}緊_{ㄐㄧㄣ}請_{ㄑㄧㄥ}峨_ㄜ嵋_{ㄇㄟ}山_{ㄕㄢ}的_{ㄉㄜ}趙_{ㄓㄠ}公_{ㄍㄨㄥ}明_{ㄇㄧㄥ}幫_{ㄅㄤ}忙_{ㄇㄤ}。

趙_{ㄓㄠ}公_{ㄍㄨㄥ}明_{ㄇㄧㄥ}可_{ㄎㄜ}真_{ㄓㄣ}屬_{ㄕㄨ}害_{ㄏㄞ}，他_{ㄊㄚ}一_ㄧ出_{ㄔㄨ}鞭_{ㄅㄧㄢ}，差_{ㄔㄚ}點_{ㄉㄧㄢ}打_{ㄉㄚ}死_ㄙ姜_{ㄐㄧㄤ}子_ㄗ牙_{ㄧㄚ}。不_{ㄅㄨ}過_{ㄍㄨㄛ}黃_{ㄏㄨㄤ}龍_{ㄌㄨㄥ}真_{ㄓㄣ}人_{ㄖㄣ}更_{ㄍㄥ}屬_{ㄕㄨ}害_{ㄏㄞ}，奪_{ㄉㄨㄛ}走_{ㄗㄡ}趙_{ㄓㄠ}公_{ㄍㄨㄥ}明_{ㄇㄧㄥ}的_{ㄉㄜ}縛_{ㄈㄨ}龍_{ㄌㄨㄥ}索_{ㄙㄨㄛ}。燃_{ㄖㄢ}燈_{ㄉㄥ}道_{ㄉㄠ}人_{ㄖㄣ}趕_{ㄍㄢ}緊_{ㄐㄧㄣ}補_{ㄅㄨ}刀_{ㄉㄠ}，再_{ㄗㄞ}搶_{ㄑㄧㄤ}了_{ㄌㄜ}趙_{ㄓㄠ}公_{ㄍㄨㄥ}明_{ㄇㄧㄥ}的_{ㄉㄜ}定_{ㄉㄧㄥ}海_{ㄏㄞ}珠_{ㄓㄨ}。氣_{ㄑㄧ}急_{ㄐㄧ}敗_{ㄅㄞ}壞_{ㄏㄨㄞ}的_{ㄉㄜ}趙_{ㄓㄠ}公_{ㄍㄨㄥ}明_{ㄇㄧㄥ}轉_{ㄓㄨㄢ}身_{ㄕㄣ}去_{ㄑㄩ}找_{ㄓㄠ}三_{ㄙㄢ}個_{ㄍㄜ}妹_{ㄇㄟ}妹_{ㄇㄟ}幫_{ㄅㄤ}忙_{ㄇㄤ}。

趙公明向三個妹妹雲霄、瓊霄、碧霄借來法寶「金蛟剪」，據說只要輕輕剪一刀，學法之人也會被剪成兩半。就在姜子牙無計可施之際，陸壓道人趕來相助。他施法讓趙公明身患絕症，沒過多久就一命嗚呼了。

十絕陣陸續被破解，只剩下紅沙陣。武王與哪吒、雷震子被困其中。申公豹如願投靠聞太師，並將趙公明病死的消息告訴他的三個妹妹。

三位妹妹又招來兩姐妹，打跑陸壓、活捉楊戩等人，打得姜子牙節節敗退。就在這千鈞一髮之際，太上老君和元始天尊等仙人前來助陣。他們不僅打敗五姐妹，還救出困於紅沙陣中的武王等人。

　　聞太師眼見大勢已去，帶著殘兵敗將連夜逃向朝歌。雲中子在絕龍嶺追上聞太師，便用火龍柱困住他。發現聞太師想遁走，就趕緊用借來的紫金缽攔住他的去路。這下聞太師逃不了，就被燒死了。

　　得知聞太師被燒死，紂王驚恐萬分，立刻派出三山關總兵鄧九公討伐西岐。鄧九公領命後，帶著女兒鄧嬋玉、申公豹和土行孫等人向西岐而去。

鄧九公出戰，被哪吒的乾坤圈打得皮開肉綻。鄧嬋玉替父出征，用五色石打得哪吒鼻青眼腫。黃天化一開始還笑哪吒打不過弱女子，結果也被打到滿頭包。

小哪吒好厲害啊！

父親，我來幫你報仇！

哈哈，男人怎麼打不贏女人呢？

哎呀，被打了！

媽呀，還真打不過呀！

楊戩放出哮天犬，咬得鄧嬋玉敗下陣來。土行孫趕緊奉上祕製的特效藥，很快就治好了鄧家父女。土行孫是個善於利用身高和地形術的人，更配合捆仙繩抓了不少西岐將領。

土行孫，放我們出去！

老土，如果你能抓住武王，我就把女兒嫁給你！

小玉雖然是個女漢子，但是滿漂亮的，嘻嘻！

土行孫信心滿滿地去抓周武王，卻被楊戩變成的美女活捉。土行孫的師父勸他歸降，他則勸鄧九公父女一起投降。就這樣，鄧家人歸順西周，土行孫如願與鄧嬋玉結婚。

專門等著抓你的人呀！

你是誰？

識時務者為俊傑！

那我勸鄧家父女一起！

徒弟，你投奔西周吧！

父親，我們歸周吧！

紂ㄓㄡ王ㄨㄤ聽ㄊㄧㄥ說ㄕㄨㄛ鄧ㄉㄥ九ㄐㄧㄡ公ㄍㄨㄥ歸ㄍㄨㄟ降ㄒㄧㄤ，氣ㄑㄧ得ㄉㄜ直ㄓ跺ㄉㄨㄛ腳ㄐㄧㄠ。他ㄊㄚ想ㄒㄧㄤ起ㄑㄧ自ㄗ己ㄐㄧ的ㄉㄜ岳ㄩㄝ父ㄈㄨ蘇ㄙㄨ護ㄏㄨ，便ㄅㄧㄢ派ㄆㄞ他ㄊㄚ出ㄔㄨ戰ㄓㄢ。蘇ㄙㄨ護ㄏㄨ樂ㄌㄜ不ㄅㄨ可ㄎㄜ支ㄓ，打ㄉㄚ算ㄙㄨㄢ帶ㄉㄞ上ㄕㄤ全ㄑㄩㄢ部ㄅㄨ家ㄐㄧㄚ當ㄉㄤ歸ㄍㄨㄟ順ㄕㄨㄣ西ㄒㄧ周ㄓㄡ。

蘇ㄙㄨ護ㄏㄨ帶ㄉㄞ領ㄌㄧㄥ將ㄐㄧㄤ士ㄕ前ㄑㄧㄢ往ㄨㄤ西ㄒㄧ周ㄓㄡ。隨ㄙㄨㄟ行ㄒㄧㄥ的ㄉㄜ鄭ㄓㄥ倫ㄌㄨㄣ等ㄉㄥ將ㄐㄧㄤ士ㄕ不ㄅㄨ等ㄉㄥ蘇ㄙㄨ護ㄏㄨ下ㄒㄧㄚ令ㄌㄧㄥ便ㄅㄧㄢ出ㄔㄨ擊ㄐㄧ，又ㄧㄡ抓ㄓㄨㄚ回ㄏㄨㄟ對ㄉㄨㄟ方ㄈㄤ大ㄉㄚ將ㄐㄧㄤ。雙ㄕㄨㄤ方ㄈㄤ爭ㄓㄥ鬥ㄉㄡ不ㄅㄨ休ㄒㄧㄡ，蘇ㄙㄨ護ㄏㄨ一ㄧ直ㄓ找ㄓㄠ不ㄅㄨ到ㄉㄠ歸ㄍㄨㄟ順ㄕㄨㄣ的ㄉㄜ機ㄐㄧ會ㄏㄨㄟ。

申ㄕㄣ公ㄍㄨㄥ豹ㄅㄠ派ㄆㄞ長ㄓㄤ著ㄓㄜ三ㄙㄢ頭ㄊㄡ六ㄌㄧㄡ臂ㄅㄟ、狠ㄏㄣ毒ㄉㄨ的ㄉㄜ呂ㄌㄩ岳ㄩㄝ前ㄑㄧㄢ來ㄌㄞ相ㄒㄧㄤ助ㄓㄨ，還ㄏㄞ偷ㄊㄡ偷ㄊㄡ在ㄗㄞ西ㄒㄧ岐ㄑㄧ下ㄒㄧㄚ毒ㄉㄨ，讓ㄖㄤ所ㄙㄨㄛ有ㄧㄡ人ㄖㄣ都ㄉㄡ得ㄉㄜ到ㄉㄠ瘟ㄨㄣ疫ㄧ。街ㄐㄧㄝ上ㄕㄤ頓ㄉㄨㄣ時ㄕ空ㄎㄨㄥ無ㄨ一ㄧ人ㄖㄣ，只ㄓ有ㄧㄡ楊ㄧㄤ戩ㄐㄧㄢ和ㄏㄜ哪ㄋㄚ吒ㄓㄚ毫ㄏㄠ髮ㄈㄚ無ㄨ傷ㄕㄤ。鄭ㄓㄥ倫ㄌㄨㄣ率ㄌㄩ兵ㄅㄧㄥ攻ㄍㄨㄥ城ㄔㄥ，楊ㄧㄤ戩ㄐㄧㄢ施ㄕ法ㄈㄚ才ㄘㄞ嚇ㄒㄧㄚ退ㄊㄨㄟ了ㄌㄜ他ㄊㄚ們ㄇㄣ。

楊戩聽從玉鼎真人的建議，去火雲洞向三聖大師要了三粒丹藥治療瘟疫，救活了人們，才讓西周轉危為安。

一粒藥救武王和宮眷。

復活啦！

一粒藥救姜子牙和門人。

復活啦！

大家都復活啦！

一粒藥磨成粉倒進水裡，用柳枝灑遍全城救百姓。

呂岳掐指一算，知道西岐再次受到高人相助，便命令周信、李奇等人攻城。沒想到他們都被打死，連徒弟楊文輝也被手執降魔杵的道童擊倒。他們的靈魂都飄到了封神台。

封神台，我來啦！

封神台，我來啦！

封神台，我來啦！

我土遁逃跑！

自從在十絕陣受傷後，赤精子就一直在洞中休養。姜子牙派白鶴童子送信，請他去西岐拜將。赤精子讓徒弟殷洪跑一趟。殷洪是紂王的兒子，發誓如果辜負赤精子，就化為灰燼。

殷洪拜別師父下山了。路上，他遇到申公豹，並在蠱惑下違背師命加入蘇護的陣營，與周對戰。殷洪用師父給的法器，傷了不少西周將領。幸虧赤精子及時出現，用太極圖將殷洪化為灰燼。

聽說哥哥殷洪的死訊，弟弟殷郊一氣之下，竟然與自己的師父廣成子打了起來。燃燈道人看不過去，用犁頭打死他。

紂王又派羅宣相助。他知道正面對抗的話，他們根本不是西周的對手，於是就用法術控制幾萬隻火鴉飛向西岐。好在龍吉公主及時趕到，用霧露乾坤網打敗火鴉。

一計不成，羅宣又請來火龍。火龍過境，西岐頓時變成一片火海。龍吉公主的鴉肉還沒吃上，就急急忙忙施法降雨。羅宣見情勢不妙，趕緊逃跑。誰知哪吒的父親李靖早已等在路上，抓住了羅宣。

97

15. 寧可餓死也不理你

這一次，被動挨打的武王率領眾將士六十萬人向朝歌進軍。他能順利推翻商朝嗎？

> 我們是孤竹國的伯夷（王子）和叔齊。你們怎麼能討伐君主呢？

> 紂王昏庸又殘暴，我們是替天行道！

> 這兩位是不是老糊塗啦！

> 紂王做得不對，就誠懇地勸說啊！

紂王派出好幾波人都被打敗。經過短暫的休整，周武王正式向商紂王下達戰書。天下人得知武王伐紂都紛紛叫好，西周將士鬥志昂揚。有一天，大軍被兩位老人攔住去路。

> 同意。

> 我們隱居吧，別理他們了！

> 武王贏了，拒吃周糧吧！

> 肚子咕嚕咕嚕⋯⋯

伯夷和叔齊被拉到一旁，周軍絕塵而去。他倆眼見沒有勸住武王，從此便隱居起來。很多年後，武王伐紂成功，伯夷和叔齊竟然拒絕吃西周的糧食，最後活活餓死了。

　　周業軍業來業到業商業兵業把業守業的業第業一一個業關業隘業——金業雞業嶺業。 這業裡業的業守業將業孔業宣業很業厲業害業。 幾業番業交業戰業後業， 他業和業手業下業高業繼業能業活業捉業哪業吒業、 黃業天業化業、 雷業震業子業等業人業， 還業斬業了業黃業天業化業， 將業其業首業級業懸業於業轅業門業。

　　姜業子業牙業連業忙業派業出業黃業飛業虎業、 崇業黑業虎業等業人業應業戰業。 高業繼業能業用業法業術業變業出業成業千業上業萬業隻業蜈業蜂業， 崇業黑業虎業就業放業出業葫業蘆業中業的業千業百業隻業鐵業嘴業神業鷹業來業全業部業吃業掉業。 眾業人業打業敗業高業繼業能業後業， 對業戰業孔業宣業。 孔業宣業技業高業一一籌業， 用業五業色業神業光業抓業住業了業西業周業全業部業的業將業士業。

隨後，楊戩帶著金吒、木吒等人出戰也失敗了，陸壓道人、燃燈道人等人上陣也沒有成功。姜子牙接連失去數十位大將，心急如焚。這時，「準提道人」前來相助。原來，孔宣是隻孔雀精，他用七寶妙樹讓孔宣現出原形，幫周軍渡過難關。

接下來，姜子牙將軍隊一分為三，黃飛虎帶領一隊奪青龍關，洪錦帶領一隊奪佳夢關，姜子牙帶領一隊奪汜水關。

洪錦來到佳夢關連勝數戰。商朝守將胡升請來火靈聖母幫忙，洪錦被打傷，連忙派人找姜子牙救助。姜子牙派出廣成子殺了火靈聖母，周軍拿下佳夢關。

　　姜ㄐㄧㄤ子ㄗ牙ㄧㄚ在ㄗㄞ泛ㄈㄢ水ㄕㄨㄟ關ㄍㄨㄢ遇ㄩ到ㄉㄠ申ㄕㄣ公ㄍㄨㄥ豹ㄅㄠ。 申ㄕㄣ公ㄍㄨㄥ豹ㄅㄠ對ㄉㄨㄟ姜ㄐㄧㄤ子ㄗ牙ㄧㄚ恨ㄏㄣ之ㄓ入ㄖㄨ骨ㄍㄨ， 二ㄦ話ㄏㄨㄚ不ㄅㄨ說ㄕㄨㄛ就ㄐㄧㄡ打ㄉㄚ了ㄌㄜ過ㄍㄨㄛ來ㄌㄞ。 勇ㄩㄥ猛ㄇㄥ的ㄉㄜ他ㄊㄚ，用ㄩㄥ開ㄎㄞ天ㄊㄧㄢ珠ㄓㄨ打ㄉㄚ傷ㄕㄤ了ㄌㄜ姜ㄐㄧㄤ子ㄗ牙ㄧㄚ。

　　就ㄐㄧㄡ在ㄗㄞ這ㄓㄜ緊ㄐㄧㄣ要ㄧㄠ關ㄍㄨㄢ頭ㄊㄡ， 懼ㄐㄩ留ㄌㄧㄡ孫ㄙㄨㄣ來ㄌㄞ了ㄌㄜ。 他ㄊㄚ用ㄩㄥ捆ㄎㄨㄣ仙ㄒㄧㄢ繩ㄕㄥ將ㄐㄧㄤ申ㄕㄣ公ㄍㄨㄥ豹ㄅㄠ五ㄨ花ㄏㄨㄚ大ㄉㄚ綁ㄅㄤ， 押ㄧㄚ送ㄙㄨㄥ給ㄍㄟ元ㄩㄢ始ㄕ天ㄊㄧㄢ尊ㄗㄨㄣ狠ㄏㄣ狠ㄏㄣ教ㄐㄧㄠ訓ㄒㄩㄣ了ㄌㄜ一ㄧ番ㄈㄢ。 申ㄕㄣ公ㄍㄨㄥ豹ㄅㄠ假ㄐㄧㄚ裝ㄓㄨㄤ知ㄓ錯ㄘㄨㄛ， 發ㄈㄚ了ㄌㄜ毒ㄉㄨ誓ㄕ， 師ㄕ父ㄈㄨ原ㄩㄢ諒ㄌㄧㄤ後ㄏㄡ就ㄐㄧㄡ讓ㄖㄤ他ㄊㄚ離ㄌㄧ去ㄑㄩ。

黃飛虎進攻青龍關也不順利。雖然斬殺了商軍四員大將、打傷了守關總兵丘引，卻犧牲了鄧九公和黃飛虎的兒子黃天祥。姜子牙派鄧嬋玉、哪吒和土行孫前去支援。土行孫與商將陳奇對戰，陳奇吐出一口黃氣捉住了土行孫。鄧嬋玉用五光石打傷陳奇，土行孫趁機遁逃。

黃飛虎派出鄭倫應戰，他「哼」一聲，鼻子吐出一口白氣，與陳奇口吐的黃氣在空中打轉，不分勝負。哪吒和土行孫一個上天，一個入地，來自四面八方的攻擊擾亂了商兵的陣法，周軍最終奪下了青龍關。

黃飛虎等人與姜子牙會合，一起攻打汜水關。他們在這裡再次遇到余化。余化煉了一把「化血刀」要專門對付哪吒。哪吒和雷震子都中刀，雖然沒死，卻因此失去知覺。

得知余化的師父余元有藥，楊戩變身成余化騙得解藥，雷震子和哪吒先後康復了。在周軍將士們的齊心協力下，終於殺死余化。余元得知真相後，前來為徒弟報仇。懼留孫用捆仙繩抓住余元，周軍奪下氾水關。

周軍繼續前進，來到通天教主守護的界牌關。通天教主的四口寶劍和誅仙陣太厲害了，將士們都無法攻破。這時，太上老君趕到，勸通天教主放行，但他完全聽不進去，太上老君氣得與他打了起來。

太上老君幫忙攻破誅仙陣後，守將徐蓋派人去朝歌搬救兵。誰知妲己認為徐蓋想騙糧草，建議紂王斬了奏信官。徐蓋得知後向西周投降了！

　　徐蓋勸駐守穿雲關的弟弟徐芳投降沒成功，反而被抓了起來。徐芳派呂岳等人釋放瘟陣困住姜子牙，周軍不敢前進。就在大家愁眉不展之際，被紂王挖去雙眼的楊任前來幫忙，破了瘟陣，周軍很快就占領了穿雲關。

　　周軍繼續前進來到潼關。這裡的守關將領是余化龍父子。余化龍的兒子研製出一種讓人長痘的毒汁，周軍全員中毒。楊戩和哪吒向神農與伏義求取解藥後，輕鬆破關。

16. 昏君小心！我們來了！

武王的軍隊離朝歌更近了。這次，他們遇到了前來復仇的通天教主。他們將如何渡過難關，與八百諸侯一起討伐紂王？

通天教主早已布好「萬仙陣」，設下太極陣、兩儀陣、四象陣，就等姜子牙等人入陣。黃龍真人前去破陣，卻被馬遂用金箍纏住。元始天尊和南極仙翁解開金箍，和太上老君一同戰鬥。

烏雲仙坐鎮太極陣，赤精子和廣成子不是他的對手。準提道人讓水火童子取出清淨竹，烏雲仙被迫現出原形。原來他是一隻金鰲精。

接下來，虯首仙、靈牙仙和金光仙紛紛被抓，準提道人、元始天尊與太上老君連破三陣。

西周連破三陣，激怒了通天教主的手下龜靈聖母。好在西方教主及時趕到，用念珠鎮住龜靈聖母。姜子牙按照元始天尊的指示排兵布陣，準備攻破萬仙陣。

周軍與通天教主展開混戰，通天教主不敵，帶著剩下的烏合之眾倉皇而逃。眾仙眼見任務完成，與姜子牙一一道別。西周雖然取得勝利，也有不少將士死傷。

周軍繼續趕路，來到臨潼關。黃飛虎打死商將卞金龍，兒子卞吉用白骨幡抓住南宮适、黃飛虎等人。哪吒用乾坤圈打敗卞吉，臨潼關總兵慌忙去朝歌搬救兵。

紂王趕緊派鄧昆和芮吉支援，誰知鄧、芮兩人到了臨潼關後，騙取卞吉的信任，與周軍裡應外合，奪取臨潼關，黃飛虎等人也獲救了。

西周軍隊攻破澠池縣。打敗白猿精袁洪、蜈蚣精吳龍、長蛇精常昊三隻妖怪，以及澠池縣總兵張奎，卻也損失兩位皇子、土行孫、鄧嬋玉等大將。不過周軍離朝歌更近了。

17. 殘暴至極的昏君

此時，為了完成任務，妲己想出了更加殘忍無道的手段，連老人和孕婦都不放過……

大王再喝三杯嘛！

慢慢走！

好，美人乾杯！

慢吞吞！

冬天到了，紂王拉著妲己、胡喜媚和玉石琵琶精變成的王貴人一起在鹿台喝酒、賞雪。此時，遠處兩人光腳要過河。老人健步如飛，年輕人卻走得小心翼翼。

怎麼年輕人的身體還不如老人？

哦，原來如此！

因為老人的父母早生子，身體好，所以他的骨髓也好。年輕人的父母晚生子，身體差，他的骨髓也不好。

紂王覺得很奇怪，妲己就說這是因為他們的骨髓不同。

為什麼抓我們！

果然是老人的骨髓充盈，年輕人的骨髓稀疏啊。

大王好可怕！

大王要做實驗！

那當然！

這番話激起了紂王的好奇心，在妲己的慫恿下，紂王竟要驗證那兩人的骨髓。他下令砍下兩人的小腿，兩個可憐人最終因流血過多慘死。

紂王覺得很有趣，問妲己還有什麼本領。妲己說自己懂點陰陽之術，能看出孕婦體內的胎兒有多大、是男是女。紂王立刻下令全城抓孕婦。

商朝的官員微子、箕子等人正在商討國事，見官兵拉著三名孕婦向宮裡走去。大臣們問明事情原委，立即面見紂王。

紂王根本不聽箕子勸告，反而要將他扔下鹿台，多虧微子等幾位大人求情才保住性命。不過，箕子被貶為奴隸。

110

微子等忠臣明白商朝就要亡國了，於是決定隱居。臨走前，他們帶走太廟裡供奉的二十八位商王牌位，怕它們在戰爭中被破壞。至此，商朝「殷末三仁」的結局是：比干被挖心，箕子成奴隸，微子隱退。

結果，紂王真的下令剖開孕婦的肚子，檢驗妲己的「透視能力」。妲己全都說對，讓紂王更寵愛她了。

　　這天，高明和高覺兩人來投靠紂王。高明藍臉金眼，高覺臉如瓜皮，兩人均是巨口獠牙，長相嚇人。他們一個是千里眼，一個是順風耳。當天，紂王為他們舉辦了盛大的酒會，第二天便派他們去孟津助陣。

　　原來，高明和高覺分別是柳鬼和桃精，他們和白猿精袁洪一樣，都是貪圖商朝的榮華富貴。妖精們一同上陣，也不好對付！好在姜子牙有打神鞭，才化解了危機。

18. 邪不勝正

為了戰勝周軍，紂王任用各種妖精。即便如此，也改變不了商朝滅亡的命運。武王與紂王迎來了終極對決，正義終將戰勝邪惡。

你們記住「梅山七怪」的大名了嗎？

我來幫你們收服牛精！

十分感謝！

　　袁洪找來豬精朱子真、狗精戴禮、羊精楊顯和牛精金大升四隻妖精助陣。在女媧娘娘的幫助下，周軍再次取得勝利。袁洪、四隻妖精，以及死去的常昊、吳龍合稱「梅山七怪」。

周軍來了，你們倆快上！

我們是假投降的，哈哈！

必勝！必勝！

人到齊，我們要決一死戰！

　　周軍行至遊魂關，遇到守將竇榮。金吒、木吒假裝投降商朝，兩人與周軍裡應外合，一同奪下遊魂關。在這裡，武王與八百諸侯全部會合。

君就是君，臣就是臣，你們這樣做大逆不道！

紂王殘暴昏庸，修建鹿台，被妲己蠱惑……

跟你說不通啦！

　　紂王這下真的害怕了，只能再派殷破敗去勸周武王退兵。殷破敗與姜子牙理論，不講道理的他被東伯侯姜文煥一刀砍死。

19. 妖妃完蛋了！

妲己完成女媧娘娘的任務，但是她和兩位妖精殘害那麼多人的性命，真的可以全身而退嗎？

> 報告大王，周軍進城啦！

> 派……好吧，我親自上陣！愛妃妲己等我回來！

　　亡國在即，紂王依舊與妲己飲酒作樂。周軍打進朝歌，無人可用的紂王只好親自應戰。姜子牙羅列紂王十大罪狀，雙方展開殊死一搏。

> 這裡是周軍的營地！

> 氣死我了！

> 糟糕，被發現了，快逃！

一、親佞遠賢；	二、殘害正妻；
三、殺子絕嗣；	四、殘害忠良；
五、失信騙諸侯入朝歌囚禁；	
六、刑罰殘忍；	七、魚肉百姓；
八、侮辱臣妻；	九、殘害百姓；
十、荒淫貪婪。	

　　紂王抵擋不住周兵，狼狽逃回宮中，妲己等三隻妖精連夜偷襲周軍不成，回宮拜別紂王後就慌忙逃命去了。

> 你們做事不講方法，害死多少人？

> 楊戩他們阻止我們完成任務！

> 女媧娘娘，我們能得到什麼獎勵呢？

> 走吧，壞妖精！

> 過河拆橋，卸磨殺驢！

　　妲己三姐妹一出宮，就被楊戩、雷震子等人包圍，打不過就想跑。這時女媧娘娘駕著青鸞來了，妲己等人連忙告狀。女媧娘娘斥責妲己三人惡貫滿盈，讓楊戩將她們押送到周營。

20. 引火自焚吧！

失去一切的紂王心灰意冷，獨自向摘星樓走去。那些被他害死的人化為厲鬼哭嚎著，紂王又怕又悔，在摘星樓上結束生命。一片火光中，人們迎來一個嶄新的朝代——西周。

我是蘇護的女兒，都是被逼的呀！

真妲己早被她殺了，她就是隻害人的狐狸精！

她還真是不簡單！

到了周營，妲己還在狡辯。姜子牙戳破妲己謊言，斬殺三名禍國妖妃。

暴君！

昏君！

魔鬼！

紂王得知妲己的頭被掛在城樓上示眾，淚如雨下。他顫顫巍巍地向摘星樓走去，一路上陰風陣陣。路過蠆盆時，遭殘害的鬼魂厲聲咒罵！

我對不起祖先、對不起死去的無辜百姓，嗚嗚嗚！

這時侯才悔悟，也太晚了吧！

紂王悔不當初，決定結束自己這暴虐的一生。他穿上華貴的冕服，戴著美玉，點燃火把。在一片火光中，紂王和商朝一起滅亡了。

武ㄨˇ王ㄨㄤˊ將ㄐㄧㄤ紂ㄓㄡˋ王ㄨㄤˊ宮ㄍㄨㄥ殿ㄉㄧㄢˋ裡ㄌㄧˇ的ㄉㄜ˙金ㄐㄧㄣ銀ㄧㄣˊ財ㄘㄞˊ寶ㄅㄠˇ全ㄑㄩㄢˊ都ㄉㄡ分ㄈㄣ給ㄍㄟˇ百ㄅㄞˇ姓ㄒㄧㄥˋ。在ㄗㄞˋ諸ㄓㄨ侯ㄏㄡˊ和ㄏㄜˊ百ㄅㄞˇ姓ㄒㄧㄥˋ的ㄉㄜ˙推ㄊㄨㄟ舉ㄐㄩˇ下ㄒㄧㄚˋ，武ㄨˇ王ㄨㄤˊ建ㄐㄧㄢˋ立ㄌㄧˋ西ㄒㄧ周ㄓㄡ，為ㄨㄟˊ周ㄓㄡ武ㄨˇ王ㄨㄤˊ。他ㄊㄚ封ㄈㄥ賞ㄕㄤˇ姜ㄐㄧㄤ子ㄗˇ牙ㄧㄚˊ等ㄉㄥˇ有ㄧㄡˇ功ㄍㄨㄥ之ㄓ臣ㄔㄣˊ。在ㄗㄞˋ他ㄊㄚ的ㄉㄜ˙治ㄓˋ理ㄌㄧˇ下ㄒㄧㄚˋ，西ㄒㄧ周ㄓㄡ一ㄧˊ片ㄆㄧㄢˋ祥ㄒㄧㄤˊ和ㄏㄜˊ。

姜ㄐㄧㄤ子ㄗˇ牙ㄧㄚˊ的ㄉㄜ˙前ㄑㄧㄢˊ妻ㄑㄧ馬ㄇㄚˇ氏ㄕˋ跟ㄍㄣ姜ㄐㄧㄤ子ㄗˇ牙ㄧㄚˊ分ㄈㄣ開ㄎㄞ後ㄏㄡˋ，嫁ㄐㄧㄚˋ給ㄍㄟˇ了ㄌㄜ˙農ㄋㄨㄥˊ民ㄇㄧㄣˊ張ㄓㄤ三ㄙㄢ老ㄌㄠˇ。張ㄓㄤ三ㄙㄢ老ㄌㄠˇ將ㄐㄧㄤ姜ㄐㄧㄤ子ㄗˇ牙ㄧㄚˊ拜ㄅㄞˋ相ㄒㄧㄤˋ的ㄉㄜ˙事ㄕˋ一ㄧ五ㄨˇ一ㄧ十ㄕˊ地ㄉㄧˋ告ㄍㄠˋ訴ㄙㄨˋ馬ㄇㄚˇ氏ㄕˋ。想ㄒㄧㄤˇ起ㄑㄧˇ當ㄉㄤ年ㄋㄧㄢˊ對ㄉㄨㄟˋ姜ㄐㄧㄤ子ㄗˇ牙ㄧㄚˊ的ㄉㄜ˙種ㄓㄨㄥˇ種ㄓㄨㄥˇ，馬ㄇㄚˇ氏ㄕˋ既ㄐㄧˋ後ㄏㄡˋ悔ㄏㄨㄟˇ又ㄧㄡˋ慚ㄘㄢˊ愧ㄎㄨㄟˋ，當ㄉㄤ晚ㄨㄢˇ就ㄐㄧㄡˋ自ㄗˋ殺ㄕㄚ了ㄌㄜ˙。

21. 打開封神榜

還記得飄向封神台的那些靈魂嗎？他們有的是助周滅商的功臣，有的是被紂王和妲己害死的人，還有一些是對紂王忠心耿耿的大臣。姜子牙打開《封神榜》開始封神，一共有三百六十五位。現在，就來看其中幾位「大神」的風采吧！

姓名：聞太師
生平：輔佐紂王，忠心可憐
職位：雷部二十四正神之首，掌
　　　管催雲布雨
兵器：雌雄蛟龍雙鞭
坐騎：墨麒麟

姓名：柏鑑
生平：擔任軒轅帝大帥，戰蚩尤有
　　　功，奉命建造封神台
職位：三界八部正神首領

剪下來當書籤也不錯唷！

姓名：姜后
生平：賢德愛民，被害慘死
職位：太陰星

姓名：馬氏
生平：嫌棄姜子牙，與其分
　　　開，後羞愧自盡
職位：掃帚星

117

姓名：魔家四將
生平：兄弟情深，忠心可嘉
職位：四大天王，掌管地、火、
　　　風、水四相，保佑國泰民
　　　安、風調雨順
兵器：碧玉琵琶、混元傘、青鋒
　　　劍、兩根鞭和花狐貂

姓名：李靖
生平：師從燃燈道人，棄暗投明，
　　　助武伐商
職位：未受封，後以肉身修煉成仙
武器：三叉戟、七寶玲瓏塔等

姓名：黃飛虎
生平：棄暗投明，為國捐軀
職位：五嶽上神之首，掌管東嶽泰山、
　　　十八層地獄和人神鬼輪迴
兵器：金攢提蘆槍
神寵：五彩神牛、金眼神鷹

姓名：伯邑考
生平：忠孝仁義，被殘害而死
職位：北極紫微大帝

017

不再陌生，趣讀封神演義

作　　者｜劉鶴
責任編輯｜鍾宜君
封面設計｜FE 工作室
內文排版｜陳姿伃
特約編輯｜蔡緯蓉
校　　對｜呂佳真

出　　版｜晴好出版事業有限公司
總 編 輯｜黃文慧
副總編輯｜鍾宜君
編　　輯｜胡雯琳
行銷企畫｜吳孟蓉
地　　址｜10491 台北市中山區中山北路三段 36 巷 10 號 4F
網　　址｜https://www.facebook.com/QinghaoBook
電子信箱｜Qinghaobook@gmail.com
電　　話｜（02）2516-6892 傳　　真｜（02）2516-6891

發　　行｜遠足文化事業股份有限公司（讀書共和國出版集團）
地　　址｜231 新北市新店區民權路 108-2 號 9F
電　　話｜（02）2218-1417 傳　　真｜（02）22218-1142
電子信箱｜service@bookrep.com.tw
郵政帳號｜19504465（戶名：遠足文化事業股份有限公司）
客服電話｜0800-221-029　　團體訂購｜（02）2218-1717 分機 1124
網　　址｜www.bookrep.com.tw
法律顧問｜華洋法律事務所／蘇文生律師
印　　製｜凱林印刷
初版一刷｜2024 年 06 月
定　　價｜350 元
ISBN｜978-626-7396-65-0
EISBN｜978-626-7396-73-5（PDF）
EISBN｜978-626-7396-72-8（EPUB）

國家圖書館出版品預行編目 (CIP) 資料
不再陌生，趣讀封神演義 / 劉鶴著 . -- 初版 . -- 臺北市 : 晴好出版事業有限公司出版 ; 新北市 : 遠足文化事業股份有限公司發行 , 2024.06
128 面 ; 17 X 23 公分
ISBN 978-626-7396-65-0（平裝）
859.6　113004937